KB116930

사람과 사람 사이를 헤엄치는

동사책

동사책

1판 1쇄 인쇄 2023. 7. 12.
1판 1쇄 발행 2023. 7. 24.

지은이 정철

발행인 고세규
편집 구예원 디자인 지은혜 홍보 반재서 마케팅 박인지
발행처 김영사
등록 1979년 5월 17일(제406-2003-036호)
주소 경기도 파주시 문발로 197(문발동) 우편번호 10881
전화 마케팅부 031)955-3100, 편집부 031)955-3200 | 팩스 031)955-3111

저작권자 ⓒ 정철, 2023
이 책은 저작권법에 의해 보호를 받는 저작물이므로
저자와 출판사의 허락 없이 내용의 일부를 인용하거나 발췌하는 것을 금합니다.

값은 뒤표지에 있습니다.
ISBN 978-89-349-6950-1 03810

홈페이지 www.gimmyoung.com   블로그 blog.naver.com/gybook
인스타그램 instagram.com/gimmyoung   이메일 bestbook@gimmyoung.com

좋은 독자가 좋은 책을 만듭니다.
김영사는 독자 여러분의 의견에 항상 귀 기울이고 있습니다.

사람과 사람 사이를 헤엄치는

동사책

카피라이터
정철
첫 산문집

60가지 동사가 만든 삶의 따스한 순간들

김영사

산문을 썼다

압축

그동안 짧은 글을 썼다. 긴 생각을 한두 줄로 압축하는 것
이 나의 글쓰기였다. 내 짧은 글을 좋아해주는 사람이 있었다.
또 썼다. 또 썼다. 나는 짧은 글을 쓰는 사람이 되어 있었다.

욕심

압축을 풀면 안 될까. 행간에 넣어둔 말을 꺼내면 안 될까.
짧은 글을 쓰는 사람이 아니라 짧은 글도 쓰는 사람이면 안
될까. 더 가지려는 욕심일까. 욕심이라면 욕심 좀 부리면 안
될까.

도전

욕심이 도전을 불러냈다. 긴 글을 쓰기 시작했다.

동사

세상 모든 동사를 불러 모았다. 동사는 움직이는 말이다. 움직이는 말에게 왜 움직이는지, 어디서 어디로 움직이는지 물었다. 움직이는 말이 들려주는 이야기를 충분히 듣고 충실히 기록했다.

재미

알아버렸다. 긴 글을 쓰는 것도 재미있는 짓이라는 것을. 거기에 또 다른 몰입이 있다는 것을. 압축의 압박을 벗으면 손이 한결 가벼워진다는 것도.

기대

산문집이라는 것을 내놓는다. 첫 산문집이다. 세상 모든 말은 앞에 '첫'이라는 말이 붙으면 다른 말이 된다. 떨림이다. 설렘이다. 처음 책을 냈을 때 오늘 이 기분이었을 것이다.

2　움직이는 말 움직이는 마음

3   사람은 사람에 젖는다

동사에겐 감정이 없을까

가다. 이곳에서 저곳으로 움직이다. 동사만으로는 어떤 감정
도 느낄 수 없다. 상을 받으러 가는지 벌을 받으러 가는지 알
수 없다. 가벼운 발걸음인지 무거운 발걸음인지 알 길이 없
다. 그래서 우리는 형용사라는 또 다른 언어를 만들어 쓴다.

동사에 감정을 입힐 수는 없을까.

책은 이 질문으로 시작되었다. 몇몇 동사 가까이 다가갔
다. 먼발치에서 볼 때와 달랐다. 의외로 표정이 풍부했다. 웃
을 줄도 알았고 울 줄도 알았다. 토라질 줄도 알았다. 정말

동사에겐 감정이 없을까. 동사에 감정이 없는 게 아니라 그들을 바라보는 우리 눈에 감정이 없었던 건 아닐까.

따뜻한 눈으로 보면 따뜻한 동사.
고요한 눈으로 보면 고요한 동사.
명랑한 눈으로 보면 명랑한 동사.

이제껏 우리는 동사가 하는 이야기를 들은 적 없다. 듣지 않았으니 따뜻함도 고요함도 명랑함도 볼 수 없었다. 나는 질문을 거둬들였다. 동사에 감정을 입히려고 애쓰는 대신 귀를 열고 그들 이야기를 들어주기로 했다. 어쩌면 동사는 오래전부터 그들을 만들어낸 우리랑 친해지고 싶어 했는지 모른다. 감정을 자유롭게 표현하는 형용사를 부러워하며.
동사는 자신이 어떤 감정을 지녔는지 조리 있게 말도 잘했다. 동사가 내게 들려주는 말을 차곡차곡 듣다가 동사에게 꼭 해주고 싶은 말이 생겼다. 나는 그 말을 했고 동사는 아이처럼 좋아하며 맑게 웃었다.

딱 하나의 표정만 허락된 형용사보다
동사 네가 훨씬 자유로운 언어야.

1

흔들흔들 동사 생활

저지르다

반대말에 대한 조금 다른 생각

초등학교 때였다. 국어시험에 이런 문제가 나왔다. '붙이다'의 반대말은 무엇일까요? 정답은 '떼다'였다. 나는 이 쉬운 답을 떠올리지 못했다. 연필 놓고 머리에 손! 선생님 입에서 이 말이 떨어지자 나는 황급히 답을 적었다. 틀린 답이라는 걸 알면서 적었다.

안 붙이다.

채점이 끝난 내 답안지엔 빨간 사선이 쫙 그어져 있었다. '떼다'를 떠올리지 못한 바보 같은 내가 미웠다. 그런데 아주

오랜 시간이 흐른 후 이런 생각을 했다. 그때 그 답이 정말 틀린 답이었을까. 반대말을 더 깊이 들여다봐야겠다.

가다. 오다.
주다. 받다.
입다. 벗다.
피다. 지다.

반대말을 어렵지 않게 찾을 수 있는 동사들이다. 이 글을 끌고 가는 동사 '저지르다'의 반대말도 어렵지 않게 찾을 수 있을까. 찾을 수 있다.

수습하다.

'저지르다'가 어떤 일을 시작하는 왼쪽 끝에 있는 말이라면 반대편 오른쪽 끝에 있는 말은 '수습하다'일 것이다. 그런데 이건 어떤 일을 저질렀다는 전제하에 찾은 반대말 아닐까. 세상엔 저지르지 않은 일이 훨씬 많은데. 저지르지도 않은 일을 수습할 수는 없는 노릇인데.

망설이다.

나는 '저지르다'의 반대말이 '망설이다'라고 생각한다. 일의 시작 지점에서 선택할 수 있는 행동 두 가지가 저지름과 망설임이니까.

시작이 반이라는 말은 '저지르다'의 손을 들어주는 말이다. 그렇다. 일단 저질러야 성공이든 실패든 결과를 만질 수 있다. 성공은 욕심나지만 솔직히 실패는 두렵다고 말하고 싶은가. 솔직한 건 좋은데 솔직함 뒤에 숨으려 해서는 안 된다. 진정 두려워해야 할 것은 결과를 두려워하는 마음이다.

성공은 기쁨을 준다. 실패는 무엇을 줄까. 실망과 눈물과 후회를 줄까. 아니, 내공을 준다. 내공은 하나를 실패할 때마다 하나씩 차곡차곡 쌓인다. 무엇이든 저질러야 기쁨을 얻든 내공을 얻든 하나는 얻는다. 망설이면 아무것도 얻을 수 없다. 위에 열거한 반대말, 다 바꿔야 할 것 같다.

가다. 가기를 망설이다.
주다. 주기를 망설이다.
입다. 입기를 망설이다.
피다. 피기를 망설이다.

그래, 피기를 망설이는 꽃은 꽃이 아니지. 겨울 치우기를 망설이는 봄은 봄이 아니지. 여기에서 질문. '붙이다'의 반대말도 '붙이기를 망설이다' 아닐까. '붙이기를 망설이다'와 '안 붙이다'는 거의 같은 말 아닐까. 그렇다면 초등학교 때 내 답도 복수 정답으로 인정해줘야 하지 않을까. 많이 늦었지만 소송을 해볼까.

망설이면 아무것도 얻을 수 없다.

사랑은 움직이는 것

동사는 움직이는 말이다. '다'로 끝나는 수많은 말이 동사 옷을 입고 있지만 모든 동사가 같은 움직임을 보이는 건 아니다. '쉬다'나 '자다' 같은 동사는 움직임이 거의 없다. '죽다'는 움직임이 완전히 없다. 움직임의 활발함 하나만 놓고 말한다면 동사 중의 동사는 단연 '사랑하다'일 것이다.

　　사랑은 움직이는 거야.

　어느 통신사 광고 카피로 기억한다. 이 카피를 내놓은 카피라이터는 '사랑하다'의 동선을 꽤 열심히 관찰했을 것이다.

동물의 왕국에 나오는 날랜 포식자보다 '사랑하다'의 움직임이 더 빠르다는 것을 포착했을 것이다. 어쩌면 그 자신이 짧은 연애와 호된 실연을 겪었는지도 모르지. 어쨌든 '사랑하다'를 이 한 문장으로 통찰한다는 건 가벼운 내공이 아니다. 그런데 '사랑하다'는 왜 그렇게 열심히 움직이는 걸까. 어디서 어디로 움직이는 걸까.

여자가 있다. 남자가 있다(혹은 여자와 여자, 남자와 남자가 있다). 어느 날 두 사람에게 '사랑하다'라는 동사가 찾아온다. 그 순간부터 다른 동사는 없다. 미치도록 좋아했던 '먹다'도 '마시다'도 이젠 재미없다. 두 사람은 '사랑하다'라는 말 하나만 존재하는 세상으로 간다. 이 아름다운 세상에선 그들이 알고 있던 모든 것이 부서진다. 우주의 모든 현상과 섭리가 다시 잉태되고 다시 태어난다.

비는 왜 내릴까. 두 사람이 한 우산 속으로 들어가라고. 겨울은 왜 있을까. 두 사람이 서로에게 난로가 되어주라고. 솜사탕은 두 개를 사면 안 되는 과자다. 하나를 사서 너는 왼쪽부터 나는 오른쪽부터, 너와 나의 입이 조금씩 가까워지는 용도로 써야 한다.

그랬는데. 그랬는데. 어느 순간부터 비가 무엇인지 물으면 이렇게 대답한다. 땅에 있는 물이 수증기가 되어 하늘로 올라 구름이 되었다가, 몸이 무거워져 다시 물방울이 되어 땅으로 내려오는 것. 또는 세차하면 내리는 것. '먹다'도 '마시다'도 미치도록 좋아했던 원래 위치를 조금씩 되찾는다. '사랑하다'가 지치기 시작한 것이다. 움직이기 시작한 것이다. 그렇다고 자신을 완전히 해체하지는 않는다. 네 글자 골격은 유지하며 이렇게 움직인다.

사랑하다.

실망하다.

미워하다.

사랑했다.

사. 랑. 했. 다. 입을 맞대고 솜사탕을 나눠 먹던 사람을 과거로 보내버리다니. 이 얼마나 슬픈 말인가. 나는 '사랑했다'보다 더 슬픈 말을 들어본 적 없다. 어쩌면 '사랑하다'의 반대말은 '싫어하다' '증오하다'가 아니라 '사랑했다'인지도 모른다.

그러나 눈물은 멎는다. 상처는 아문다. 안개는 걷힌다. '사랑했다'를 하염없이 붙들고 있을 이유는 없다. '사랑했다'가 있었던 자리에 너무 늦지 않게 새로운 동사를 데려와 앉혀야 한다. 그런데 그 자리를 대신할 새로운 동사가 있을까. 있다.

사랑하다.

새로운 동사 맞느냐고? 사랑은 이야기다. 새로운 사랑은 시작부터 결말까지 완전히 새로운 이야기다. 그러니 완전히 새로운 동사다. 솜사탕을 나눠 먹던 그때의 '사랑하다'와 헷갈릴 것 같다면 앞에 '다시'라는 말을 붙이면 된다. 사랑은 움직이는 거니까. 그대도 움직일 줄 아니까.

솔직한 거짓말

내 딸 이름은 담이다. 정담. 한글 이름이다. 뜻은 딱히 없다. 담벼락을 뜻하는 담도 아니고 등짝을 불편하게 하는 담도 아니다. 아담하다, 소담하다에 붙는 담도 아니고 쓸개 담도 아니다. 나는 뜻을 정하지 않았다. 딸이 크면 가장 마음에 드는 뜻을 알아서 고르라는 뜻이었다. 배려였거나 배려를 가장한 게으름이었거나.

담이가 태어나고 내 아버지와 나는 한동안 신경전을 벌였다. 나는 내 딸 이름을 내 손으로 짓고 싶었고 아버지는 어디 이름 짓는 곳에서 이름을 받아왔다. 아버지가 내민 한자 이름, 지금은 기억나지 않는다. 아버지는 지치지 않는 전화로 나를 압박했고 나는 출생신고를 미루는 것으로 저항했다. 내 기억으로는 한 달 안에 출생신고를 해야 했는데 이 조용한 전쟁은 신고 마감 사나흘 전까지 계속되었다. 결국 아버지가 손을 들었다. 나는 준비된 이름 담을 담에게 줬다.

지금 담이는 담이라는 이름을 좋아한다. 자신의 차에 담붕이라는 이름을 지어준 걸 보면 그런 것 같다. 그런데 처음부터 이 이름을 좋아하지는 않았다. 아니, 좋아하지 않은 게 아니라 싫어했던 것 같다. 지금도 가끔 그 장면이 생각난다.

담이 서너 살 때였을 것이다. 아직 어린이집도 가지 않을 때. 외동이라 혼자 노는 법을 열심히 익힐 때. 그날 나는 일찍 퇴근했다. 하늘엔 해가 넉넉했고 우리 아파트엔 주차 공간이 넉넉했다. 놀이터에서 담이가 세발자전거를 타며 놀고 있었다. 혼자 노는 법을 꽤 익힌 것 같았다. 아빠를 발견한 담이는 자전거를 내팽개치고 아빠 품으로 달려왔다. 충돌을 겁내지 않는 질주였다. 나는 무릎을 굽혔고 두 팔을 벌렸고 부녀 상봉은 감격적으로 이루어졌다. 두 사람은 손을 꼭 잡고 집으로 걸어갔다.

아빠, 오늘 일했어?

일했지.

잘했어?

잘했지.

어제 했던 대화가 오늘도 오갔다. 경비실 앞을 막 통과할 때였다. 담이를 발견한 경비아저씨가 말했다.

다혜, 아빠 오셨네. 잘 놀았어?

순간 나는 내 귀를 의심했다. 다혜라니. 누가 다혜라는 거지? 잠시 후 나는 그 자리에 풀썩 주저앉아 배꼽을 잡고 떼굴떼굴 굴렀다. 세상에, 저 어린 것이 경비아저씨를 속인 것이다. 자신을 정다혜라고 소개한 것이다. 담이라는 무덤덤한 이름이 창피했는지 모른다. 두 글자로 된 예쁜 이름을 갖고 싶었는지도 모른다. 그렇다고 가짜 이름을 내놓다니. 저 조그만 것이 어쩌면 그런 생각을 했을까. 나는 웃음을 수습하고 집에 들어와 아내와 함께 다시 한번 쓰러져서 떼굴떼굴 웃었다. 다혜라니. 다혜라니.

남을 속이는 것. 우리는 이를 해서는 안 되는 짓이라고 배

왔다. 하지만 모든 속임이 다 나쁜 것만은 아닐 것이다. 담이의 거짓말은 귀여운 거짓말이다. 어쩌면 가장 솔직한 거짓말일 수도 있다. 서너 살 담이는 자신의 이름이 싫었으니까. 싫은 걸 싫다고 표현했으니까. 싫은데 좋은 척하지 않았으니까.

우리는 늘 싫은데 좋은 척, 좋은데 싫은 척하고 산다. 많이 가졌는데 없는 척, 가진 게 없는데 있는 척하고 산다. 척하고 사는 건 내가 나를 속이는 짓이다. 척하고 살다 보면 나도 내가 누구인지, 내 마음이 어떻게 생겼는지 헷갈릴 수 있다. 내가 나를 다 분실할 수도 있다. 담이는 잠시 다혜를 거쳐 다시 담이 되었지만 우리는 영원히 다른 사람으로 살 수도 있다.

답게

내겐 내가 나를 경계하는 세 마리 게가 있다. 글 한 줄 쓸 때도, 광고 한 편 만들 때도 나는 이들을 손바닥 위에 올려놓는다. 앞이 아니라 옆으로 걷는 이 비범한 동물 셋을 차례로 만지며 나에게 묻는다.

다르게.
낯설게.
나답게.

이 셋을 충족했는지 묻는다. 하루하루 살면서도 다르게,

낯설게, 나답게 오늘을 살았는지 묻는다. 물론 대답은 늘 신통치 않다. 하지만 오늘도 묻고 내일도 묻고 자꾸 묻다 보면 조금씩이라도 신통해진다.

'다르게'와 '낯설게'는 같은 말처럼 보이지만 같지 않다. '다르게' 앞에는 '남들과'라는 말이 생략되어 있다. 따라가지 않겠다는 것이다. 세상에 휩쓸리지 않겠다는 것이다. '낯설게' 앞에는 '어제보다'라는 말이 생략되어 있다. 관성을 경계하겠다는 뜻이다. 익숙함에 저항하겠다는 뜻이다. '다르게'의 상대는 남이고 '낯설게'의 상대는 나다.

가장 어려운 건, 나답게. 실은 나도 나다운 게 뭔지 늘 헷갈린다. 그래서 뒤집어 생각한다. 나다운 모습이 아니라 나답지 않은 모습을 생각한다. 나답지 않은 글, 나답지 않은 말, 나답지 않은 행동, 이런 것들을 피해 가다 보면 조금씩 '나답게' 쪽으로 갈 수 있다.

나는 내가 쓴 책이 인쇄되어 나오면 우선 읽는다. 나랑 똑같은 생각을 하는, 똑같은 관찰을 하는, 똑같은 글쓰기를 하는 작가의 책을 읽는 건 늘 유쾌한 일이다. 녀석 잘 썼네, 세법 재미있어. 이런 추임새를 넣으며 읽는다. 다 읽으면 책에 사인을 한다. 정철답게. 이것으로 초판 1쇄 한 권은 내 몫이 된다. 누군가 내게 사인을 요구할 때도 같은 사인을 한다.

자, 그대와 내가 만난다. 종로3가 지하철 환승역에서 우연히 만난다. 마침 그대는 내 책을 들고 있고 나는 펜을 들고 있다. 그대는 내게 책을 내밀며 사인을 청한다. 나는 그대 이름을 묻는다. 그대는 노지성이라고 대답한다. 나는 책표지를 넘기면 나오는 첫 장에 '노지성답게'라고 사인을 한다. 나도 고맙습니다. 그대도 고맙습니다. 이 짧은 한마디를 주고받는 것으로 사인 의식은 끝난다. 이제 그대는 그대 갈 길을, 나는 내 갈 길을 간다. 내가 눈에서 멀어지면 그대는 책을 다시 펼친다.

노지성답게.

노지성다운 게 뭘까. 그런 게 있기는 할까. 그대는 쉽게 생각을 멈추지 못한다. 사람들은 나를 모른다. 우주의 광활한 역사를 아는 사람도 내가 누구인지는 잘 모른다. 사인을 받아 들고 나서야 나다운 게 뭔지 추적한다. 나다움을 생각하게 하는 것만으로도 내 사인은 할 일을 넘치게 한 것이라 나는 믿는다.

예능 초보의 실패담

딱 한 번 예능 프로그램에 출연한 적이 있다. MBC TV 〈토크 노마드 ― 아낌없이 주도록〉. 시즌 2로 이어지지 못하고 10회 로 끝났다. 나는 예능에 출연함으로써 내가 예능을 해서는 안 되는 이유를 알았다.

영화평론가 이동진, 방송인 김구라, 남창희 그리고 나. 거 기에 매회 게스트 한 사람을 초대해 모두 다섯이 여기저기 싸돌아다니며 말을 내놓는 시끄러운 프로였다. 기억나는 게 스트는 한예리, 류현경, 옥주현. 우리가 싸돌아다닌 곳은 국 내 몇 곳과 일본, 영국이었다. 문학이, 음악이, 영화가, 만화가 태어난 곳을 찾아 작품을 도마 위에 올려놓고 아무 말을 아무나 하는 그런 형식.

덕분에 일본에선 쿠엔틴 타란티노가 영화 〈킬 빌〉을 찍은 천장 높은 식당에서 밥도 먹었고, 하루키 단골 카페에서 그가 즐겨 마시던 칵테일도 한잔했다. 영국에선 비틀스 앨범재킷으로 잘 알려진 횡단보도 '애비로드'를 비틀비틀 건넜고, 소설 《폭풍의 언덕》 배경이었던 마을 '하워스'에선 칼바람을 실컷 맞기도 했다. 적지 않은 출연료를 챙기며 쉽게 찾을 수 없는 곳을 경험했으니 내겐 과하게 고마운 시간이었다. 그런데 왜 첫 예능이 마지막 예능이 되었을까. 다른 이유는 없다. 못했으니까. 기대만큼 입담을 보여주지 못했으니까.

사실 처음엔 많이 망설였다. 내가 예능이라니. 잘할 수 있는 일이 아니잖아. 이런 생각이 나를 말렸다. 그런데 딸 담이가 이렇게 말했다.

아빠, 해. 꼭 잘해야 하는 건 아니잖아.

나는 이 말에 묘한 용기를 얻었고 결국 하겠다고 말해버렸다. 담이 말은 적중했다. 꼭 잘해야 하는 건 아니지만 꼭 못해야 하는 것도 아닌데 나는 못하고 말았다.

예능은 입 잔치다. 대본엔 입이 해야 할 일이 촘촘히 적혀 있지만 그것으로 충분치 않다. 순간순간 치고 들어가 예기치 않은 표창을 던지는 것. 이것이 예능의 느닷없는 재미이고 경쾌한 힘일 것이다. 예능 초보인 내가 엄두 낼 일이 아니었다. 그것이 걱정되었는지 녹화 첫날 피디가 말했다. 아무 말이나 그냥 막 하세요. 그다음은 편집이 다 알아서 할 거예요. 아셨죠?

그냥. 막. 이게 쉽지 않았다. '그냥'도 어려웠고 '막'은 더어려웠다. 곧 죽어도 카피라이터라고 모셔놨으니 남보다 멋진 말, 특별한 센스 같은 걸 보여줘야 해. 나는 이 생각에서헤어나지 못했다. 어떻게든 괜찮은 말을 꺼내려고 머릿속을정리하다 보면 어느새 상황 종료. 겨우 생각해낸 말은 입 속에서 생을 마치곤 했다. 피디가 왜 그런 말을 했는지 알 것같았다. 그러나 아는 것과 행하는 것은 내겐 완전히 다른 일이었다. 그때그때 타이밍 잘 잡아 치고받는 다른 선수들이부러웠다. 가끔은 울고 싶었다. 내 프로를 봤다는 한 친구는이렇게 묻기도 했다. 너는 왜 말을 안 하니?

10회 방송이 끝나고 쫑파티가 열렸다. 출연자와 스태프 모두 함께 술을 마셨다. 나는 그곳에서 내 힘들었던 이야기를 처음 꺼냈다. 창피하고 쑥스러웠지만 술기운을 핑계로 꺼내버렸다. 다들 이미 알고 있었다는 눈치였다. 어쩌면 그들은 지난 몇 달간 이 예능 초보를 조마조마한 눈으로 지켜봤는지도. 그때 이동진이 말했다.

선생님은 듣는 역할이었잖아요.
제 말을 들어주시는 선생님의 태도와 표정은 완벽했어요.
덕분에 저는 자신 있게 말을 할 수 있었고요.

위로가 됐다. 그래, 말하는 것보다 어려운 것이 듣는 거라고 했어. 나는 그 일을 했어. 누구보다 훌륭히 해냈어. 나는 입을 열지 않고 할 말을 다 했어. 이동진의 위로는 세상 모든 긍정을 내게 데려왔고 나는 비로소 쓸쓸히 웃을 수 있었다.

입은 닫을 수 있게 설계되어 있다. 귀는 닫을 수 없게 설계되어 있다. 왜 그런지 설명이 필요할까. 대꾸 한마디 없이 내 장황한 말을 고분고분 듣고 있는 그대에게 박수를 보낸다. 그대는 지금 예능에서 내가 했던 그 어려운 일을 훌륭히 해내고 있다.

그래, 말하는 것보다
어려운 것이 듣는 거라고 했어.

내 묘비엔 어떤 문장이 적힐까

모든 나는 1이다.

세상에 나오는 순간 모든 나의 이마엔 1이라는 숫자가 새겨진다. 간혹 이마가 깨끗한 아이가 있을 수 있는데 걱정할 것 없다. 태아 때부터 외모에 특별히 신경을 쓰는 아이다. 이마 조금 위쪽, 그러니까 듬성듬성한 머리카락을 들춰보면 그곳에 1이 잘 숨어 있다.

잘난 나, 못난 나 모두 1이다. 말 없는 나, 말 많은 나, 술 취했을 때만 말 많은 나 모두 1이다. 0.9짜리 남자도 없고 1.1짜리 여자도 없다. 내 말에 동의한다면 이제 수학이다.

크게 어렵지 않은 수학이니 긴장할 것 없다.

회사에 나를 0.7 준다면 집으로 돌아가는 나는 얼마일까. 그래, 0.3이다. 0.3만 터덜터덜 집으로 돌아간다. 만약 0.9를 회사에 바친다면 0.1만 퇴근하겠지. 쉬운 수학이다. 수학 관점에선 0.3이나 0.1 퇴근이 별문제 없어 보인다. 그런데 인문학 관점에서 보면 이 초라한 퇴근은 많이 아쉽다.

물론 회사는 내 밥을, 내 꿈을 응원하는 고마운 존재다. 한시도 소홀할 수 없는 소중한 존재다. '내일부터 출근하지 마세요' 같은 말로 나를 기절하게 만들 수도 있는 무서운 존재이기도 하다. 그런데 잘 생각해보시라. 그대와 나는 이 존재와 만나기 전 이력서라는 것을 썼다. 그 종이 어디에도 내 전부를 회사에 드리겠다는 통 큰 맹세는 없었다. 하지도 않은 맹세를 지킬 이유는 없다.

수학 한 번 더 하자. 1의 절반은 얼마인가. 0.5. 짝짝짝. 그대의 수학은 녹슬지 않았다. 회사에 나를 0.5만 주자. 딱 내 절반만 주자. 너무 박한 것 아니냐고? 박하지 않다. 내 나이가 마흔이라면 무려 20년을 회사에 주는 것이다. 내 무게가 60킬로그램이라면 30킬로그램을 회사에 주는 것이다. 30킬로그램이면 몇 근인가. 아, 이건 쉽지 않은 수학일 테니 대답하지 않아도 좋다.

내 절반만으로도 회사는 씽씽 잘 굴러가게 되어 있다. 나 없으면 회사에 구멍이 뚫린다고 말하는 사람이 간혹 있다. 픕 웃어주시라. 그 사람이 그 회사의 구멍일 확률이 크다. 확률은 더 고난도 수학이니 추가 질문은 하지 않겠다. 자, 그럼 회사 밖으로 나온 내 0.5는 누구에게 줘야 할까.

가족에게, 친구에게, 내가 사는 이 세상에게 나눠주자. 3분의 1씩 고루 나눠줘도 좋고 마음 가는 쪽에 조금 더 얹어줘도 좋다. 회사 밖에도 나를 만지고 싶어 하는 사람이 있다는 것을 잊지 말자. 그럼 나는? 여기저기 다 나눠주고 나면 나는 빈손인데. 하하하 섭섭할 것 없다.

가족이 나다.
친구가 나다.
내가 사는 이 세상이 나다.

내 묘비엔 어떤 문장이 적힐까. 오늘 출퇴근길엔 이것 하나만 생각하자. 내 무덤 앞에 놓인 말이 '회사를 다닌 사람'은 아니어야 하지 않겠는가.

인생이 뭘까

헤밍웨이	출렁거리되 침몰하지 않는 것.
안데르센	적어도 동화는 아닙니다.
비틀스	결국, 혼자.
예수	사흘 후에 알려드리겠습니다.
노스트라다무스	알려드리면 그대로 믿으실 건가요?
암스트롱	지구엔 답이 없지요.
허균	인생을 인생이라 부르는 것.
김정호	따라오시오.
한석봉	떡을 썰 걸 그랬어요.
괴테	젊거나 슬프거나.

도스토옙스키	죄짓고 깔끔하게 벌받는 것.
햄릿	내가 한 질문을 나에게 물으시면.
스티브 잡스	사과 한 입 베어 먹고 홀홀 떠나는 것.
뉴턴	왜 나는 먹을 생각을 안 했을까.
맥아더	죽던데요.
헤르만 헤세	데미안과 래미안 사이 어느 지점.
애거사 크리스티	쉿.
박목월	구름에 달 가듯이.
김소월	당신은 무슨 일로 그리합니까.
나훈아	테스 형!
히포크라테스	나 부르는 줄.
소크라테스	너 자신에게 물으라니까.
허준	모르는 게 약입니다.
루이 14세	짐이다.
처칠	시가에 불 좀 붙여줄 수 있겠나?
생텍쥐페리	악천후다.
페스탈로치	아이들은 압니다.
아인슈타인	상대해보세요.
마르크스	외롭습디다.
전봉준	서럽습디다.

채플린	우습습다.
히틀러	어느 민족의 인생을 묻는 겁니까.
노벨	상 받을 짓을 하세요.
버지니아 울프	나를 조심하세요.
피타고라스	1 또는 2.
모나리자	너무 크게 웃지 마세요.
문익점	뚜껑 열리는 일은 없어야.
신사임당	5만 원입니다.
성춘향	몽룡이. 몽룡이. 몽룡이.
송혜교	연진이. 연진이. 연진이.
니체	자라투스트라가 이미 말했을 텐데.
나폴레옹	내 사전을 회수하고 싶소.
링컨	노예로 살지는 맙시다.
산타클로스	울면 안 돼.
20세 타이거 우즈	다음 홀은 없다.
45세 타이거 우즈	다음 홀이 있다.
스티븐 스필버그	이미지와의 조우.
콜럼버스	배를 타세요.
칭기즈칸	말을 타세요.
에디슨	그건 내가 발명하지 않았는데요.

김삿갓	비가 오려나.
비발디	봄부터 말씀드릴까요?
레오나르도 다빈치	만찬에 초대받지 못하셨군요.
전태일	뜨겁게 살거나 뜨겁게 죽거나.
피카소	게르니카 보라니까.
리오넬 메시	90분이지요.
우사인 볼트	비켜!
김연아	넘어지지 않으려면 더 많이 넘어지세요.
자유의 여신상	앉고 싶소.
정철	친구가 있으세요? 그럼 됐습니다.

• 움베르토 에코의 〈'어떻게 지내십니까'라는 질문에 대답하는 방법〉을 오마주한 글입니다.

나는 누구인가

친구가 죽었다. 고등학교 때 그의 수유리 집 2층으로 나를 끌고 가 기타를 가르쳐주던 친구가 죽었다. 기타와 함께 입에서 입으로 떠돌던 노래도 가르쳐주던 친구가 죽었다. '하늘과 땅 사이에 바보가 살았는데, 바보는 바보라서….'

지금도 나는 바보가 무한 반복되는 그 노래를 기억한다. 바보처럼 산 그 친구 기억과 뒤섞어 기억한다. 긴 세월 친구라는 말의 주인이었던 친구. 내가 너였고 네가 나였던 40년 친구. 이제 그놈이 없다.

췌장암이었다. 너무 늦게 알았다. 병원도 손을 놓아 집에

간혔다. 놈 얼굴 한 번 더 보고 싶어 집 앞으로 갔다. 놈은 머리에 빵모자를 눌러쓰고 나왔다. 커피를 나눠 마셨다. 놈은 고통이 얼마나 심한지 웃으며 말해줬다. 엉엉 울며 말해야 하는데, 가슴 움켜쥐고 말해야 하는데 웃으며 말했다. 바보처럼 헤 웃는 얼굴이 놈의 마지막 모습이다.

놈을 멀리 보내고 돌아오는 길, 나에게 물었다. 나는 누구인가. 내가 너였고 네가 나였는데, 네가 없는 지금 나는 누구인가.

어쩌다 조금 더 사는 사람.

나는 어쩌다 태어나 어쩌다 너를 만났고 어쩌다 만난 너를 붙잡고 울고 웃고 치고받고 사랑하다가 어쩌다 너를 먼저 보내고 어쩌다 지금 이 자리에 홀로 섰다. 그래, 나는 어쩌다 나다.

놈은 그냥 가지 않았다. 내가 놈보다 어쩌다 조금 더 사는 놈임을 깨우쳐주고 갔다. 기타 가르쳐주듯 노래 가르쳐주듯 내 남은 삶의 의미도 가르쳐주고 갔다. 놈은 나를 평생 가르쳐야 할 인간으로 생각했는지 모른다. 죽어서도 잘난 척이다.

어쩌다 나에겐 어쩌다 조금 더 사는 시간이 주어졌다. 어쩌다 주어진 시간이니 몇 년일지 몇 달일지 나도 모른다. 그러나 그것이 허투루 쓸 수 없는 시간이라는 것은 알겠다. 무엇으로 채워야 할까. 허투루 글 쓰지 말자. 허투루 강의하지 말자. 허투루 사랑하지 말자. 허투루 사랑한다고 말하지도 말자. 이렇게 '허투루'를 잔뜩 경계하며 살면 어쩌다 조금 더 사는 시간을 귀하게 쓰는 걸까.

모르겠다. 모르겠다. 나중에 저 위에서 놈을 다시 만나면 허투루 살아도 되는데 괜한 수고를 했다며 낄낄 웃을지 모른다. 아니면 또 잘난 척을 할지도 모르지. 넌 나 없이 안 되는구나. 여기선 나만 따라다니면 돼.

하늘과 땅 사이에 바보가 살았다. 바보는 숙제 하나를 내게 주고 갔다. 어쩌다 조금 더 사는 시간. 이 시간을 어디에 어떻게. 나는 숙제를 아직 풀지 못했다. 오늘도 손바닥 위에 올려놓고 멀뚱멀뚱 들여다보고만 있다. 손이 무겁다.

죽은 이들은 같은 말을 한다

김광석.

김현식.

유재하.

신해철.

인생을 뜨겁게 살다 하늘로 증발한 사람들. 저 위에선 어떤 모습으로 살고 있을까. 한 마을에 옹기종기 모여 살겠지. 작은 어쿠스틱 그룹을 만들었을지도 몰라. 음악을 핑계로 매일 만나 술잔을 주고받겠지. 그곳에도 좋은 술안주가 있을까. 휘파람은 안주가 안 될 텐데. 흩어져 혼자 남을 때는 뭘

할까. 살아서 못다 한 이야기를 노래로 쓰고 있겠지.

그런데 만약 기회가 주어진다면, 저들이 그대에게 딱 한마디 말할 수 있는 기회가 주어진다면 무슨 말을 할까. 같은 시간, 같은 공간을 살았으니 같은 말을 하지 않을까. 이런 말.

화상 입어보셨어요?

뜨거운 것이 몸을 덮쳤을 때 그 아찔한 기분을 아는지 묻는 거지. 이런 질문을 받으면 우린 으레 이런 대답을 돌려주지. 아뇨, 뜨거운 냄비를 들다 손에 물집 잡힌 적은 있지만 화상이라 부를 만한 뜨거움을 겪은 적은 없어요. 내 피부가 남보다 두꺼워서 그런가 봐요.

대답이 저 위 하늘까지 들렸다면 김광석은 김현식은 유재하는 신해철은 아주 긴 한숨을 내쉬었을 거야. 화상을 피해 다녔다는 건 뜨거운 인생을 산 적이 없다는 실토이니까. 어디에도 뜨겁게 몸을 던진 적이 없다는 자백이니까.

이 책에는 수많은 동사가 등장하지. 그중엔 그 누구도 단한 번도 경험하지 못한 동사도 있어.

죽다.

그래, 죽어본 사람은 없어. 죽으면 끝이니까. 그대가 지금 이 글을 읽고 있다는 건 아직 끝이 아니라는 거야. 그대에게 능력이 있는데, 의지도 있는데, 시간도 있는데 가진 것을 다 소진하지 못하고 그것들과 함께 관에 들어가 나란히 눕는다면, 이보다 슬픈 끝은 없을 거야.

아참, 저들이 신곡을 발표했어. 넷이 입을 맞춘 건 처음이래. 그 빛나는 화음을 내가 먼저 들었어. 미안. 어떤 노래냐고? 살아서 꼼지락거리는 인생들에게 바치는 노래라고 했어. 노랫말을 요약하면 이 말이었어. 차가운 시간을 맞는 그날까지 뜨거운 시간을 누릴 것. 제목은, 그대.

차가운 시간을 맞는 그날까지
뜨거운 시간을 누릴것.

좋은 친구를 만나려면

누군가 묻는다. 좋은 친구를 만나려면 어찌해야 하죠? 우린 어떤 대답을 갖고 있을까. 공부하세요. 공부해서 성공하세요. 성공하면 좋은 친구를 넘치게 만날 수 있어요. 또는 이런 대답. 돈을 버세요. 왕창 버세요. 돈으로 살 수 없는 건 없어요. 과연 이런 대답이 대답일 수 있을까. 이 질문엔 정답이 없을지 모르지만 정답에 가장 가까운 답은 이런 대답 아닐까.

먼저 '좋은'이라는 말을 걷어내세요.

좋다는 말, 참 좋은 말이다. 좋은 책. 좋은 술. 좋은 집. 어쩌면 우린 이 좋은 것들을 만나려고 생을 사는지 모른다. 그러나 좋은 책이라는 말을 얼굴에 새기고 서점에 누워 있는 책은 없다. 울긋불긋 표지만 봐서는 좋은 책인지 아닌지 알 길이 없다. 한 장 한 장 넘겨야 안다. 한 줄 한 줄 읽어야 안다. 좋다는 말은 그것을 충분히 겪은 후에, 그것과 긴 시간 밀착한 후에 비로소 할 수 있는 말이다.

자, 밀착이라는 말이 나왔다. 이 말에 밀착해보자. 밀착은 우리에게 무엇을 줄까. 친밀을 준다. 밀착과 친밀은 '밀'이라는 공통분모를 갖고 있다. 절반은 같은 모습을 하고 있으니 밀착이 친밀로 진행하는 과정은 자연스럽고 매끄러울 것이다. 친밀은 또 무엇을 줄까. 친구를 준다. 친밀과 친구 역시 '친'이라는 공감대를 지니고 있다.

누구나 밀착의 시간을 거치면 스르르 조금씩 어느새 친밀해지고, 친밀해지기 시작하면 스르르 조금씩 어느새 친구가 된다. 그런데 살과 살이 닿기도 전에 '좋은'과 '나쁜'을 나누려는 마음이 작용한다면 좋은 친구는 없다. 그냥 친구도 없다.

내겐 친구가 몇 있다. '좋은'이나 '나쁜'이라는 말의 뜻을 이해하기 전부터 친구 먹은 녀석들이다. 친구라는 말을 들으

면 가장 먼저 떠오르는 얼굴들이다. 녀석들에게, 나는 좋은
친구니 나쁜 친구니? 물으면 뭐라고 대답할까.

피식 웃겠지.

흐르다

땀은 어디로 흐를까

물은 높은 곳에서 낮은 곳으로 흐른다.
땀은 낮은 곳에서 높은 곳으로 흐른다.

땀은 꿈으로 흐른다.

만리장성 오르는 법

인생 살다 보면 누구나 바닥을 경험한다. 스텝이 꼬여 바닥으로 추락하는 사람도 있고 사기꾼 발에 걸려 바닥에 처박힌 사람도 있다. 태어났더니 그곳이 바닥이었어, 라고 말하는 사람도 있다. 평생을 바닥에서 살아 그곳이 바닥인지도 모르고 생을 마치는 사람도 있겠지.

추락의 결과, 바닥. 그곳엔 낙심, 좌절, 울분 같은 것들이 너절하게 깔려 있다. 벽엔 그곳을 다녀간 이들이 쓴 절망의 말들이 칙칙하게 적혀 있다. 생각보다 훨씬 암울한 곳이 바닥이다. 희망도 만들고 싶고 기적도 붙잡고 싶은데 바닥엔 그것들을 만들어낼 도구가 없다. 탈출 방법을 알려주는 지도

도 없다. 차라리 무인도에 홀로 놓인다면 무심히 지나가는 비행기를 향해 손이라도 흔들어보겠지만 그곳엔 그런 기회조차 없다. 앞도 뒤도 옆도 다 깜깜해서 더 서러운 곳이 바닥이다.

그런데 그대는 일직선 인생을 본 적 있는가. 꾸불꾸불. 출렁출렁. 울퉁불퉁. 비틀비틀. 모든 생명은 죽는 날까지 곡선을 그린다. 바닥 없는 곡선이 없듯 바닥 없는 인생도 없다. 외로우면 외로운 대로, 서러우면 서러운 대로 살아내야 하는 곳이 바닥이다.

어쩌면 바닥과 평지의 높이 차이는 그리 크지 않을지 모른다. 그러나 저 위에서 손을 흔들며 괜찮아! 힘내! 올라와! 아무리 소리쳐도 바닥까지는 들리지 않는다. 들린다 해도 바닥에서 저 위를 올려다보면 그곳이 도저히 닿을 수 없는 만리장성처럼 느껴진다. 오를 엄두가 나지 않는다. 파이팅이나 토닥토닥 같은 허한 응원 몇 마디로 없는 엄두가 생길리 없다.

바닥 탈출을 돕고 싶다면 입은 쉿, 종이 한 장을 꺼낸다. 종이 위에 만리장성 오르는 법을 적는다. 비행기를 접는다.

바닥으로 날린다. 바닥에 쭈그리고 앉은 어깨 위에 종이비행기가 착륙한다. 펼친다. 읽는다.

돌 하나를 놓는다.
돌 위에 발을 올려놓는다.

만리장성을 오르는 법은 그 높은 곳을 단숨에 오르려 하지 않는 것이다. 1만분의 1씩 오르는 것이다. 그대가 지금 바닥을 경험하고 있다면 울지 않고 돌 하나 놓기. 울지 않고 돌 위에 발 올려놓기. 울지 않고 다음 돌 하나 더 놓기….

링컨이 했던 그 일을, 에디슨이 했던 그 일을, 프레디 머큐리가 수도 없이 했던 그 일을 그대도 똑같이 하면 된다. 한순간 추락했지만 한순간 탈출은 없다. 한순간 비상도 없다.

지금 그대에게 필요한 논리

포기하고 싶다는 건 지쳤다는 뜻이다. 지쳤다는 건 열심히 매달렸다는 뜻이다. 열심히 매달렸다는 건 목표에 도착하지는 못했지만 목표 근처까지는 갔다는 뜻이다. 즉, 포기하고 싶다는 건 거의 다 왔다는 신호다. 이 악물고 한걸음 더 내딛으면 결과에 도착할 수 있다는 신호다.

말을 배달하는 사람들

나는 앉아서 운동을 한다. 축구도 앉아서 하고 야구도 앉아서 한다. 허벅지 장딴지 다 가늘어진 나는 더는 넓은 운동장을 욕심낼 수 없다. 내 몸의 실력을 순순히 인정하고 텔레비전 앞에 앉아 눈으로 입으로 뛰어야 한다.

오늘 내가 하려는 이야기는 나처럼 앉아서 경기를 뛰는 사람 이야기다. 텔레비전 앞이 아니라 마이크 앞에 앉아 입으로 뛰는 사람. 바로 스포츠 캐스터나 해설자 이야기다. 이들은 내게 경기를 배달하는 일을 한다. 어떤 말을 어떤 톤으로 배달하느냐에 따라 내 흥분과 감격과 절망은 하늘과 땅을 오간다.

중계가 시작되면 우리 집 거실엔 수많은 말들이 어지럽게 날아다닌다. 그중에 유독 자주 눈에 띄는 우람한 말이 하나 있다. 축구나 야구는 물론 배구에서도 탁구에서도 펜싱에서도 어김없이 이 말이 보인다. 방송국 다르고 캐스터, 해설자 다 다른데 이들 모두는 같은 말을 배달한다.

이제 견디는 시간입니다.

조금만 더 견뎌줘야죠.

네, 잘 견뎌줬어요.

견디라는 말이다. 견뎌달라는 말이다. 이들은 경기를 배달하는 척하며 자기들끼리 또 하나의 경기를 하는 게 틀림없다. 누가 이 말을 더 많이 내놓는지 겨루는 경기. 신기한 건 이 말을 들을 때마다 내 손바닥은 땀을 쥔다는 것. 내 엉덩이는 들썩들썩 바빠진다는 것. 내겐 견디라는 이 말이 이기라는 말보다 훨씬 뜨거운, 훨씬 간절한 응원으로 들린다.

왜 견디라는 말이 뜨겁고 간절한 응원인지 잠시 스포츠 해설자로 빙의해 몇 마디 해보겠다. 시청자에게 반말을 하는 해설자는 없으니 존댓말을 쓰겠다. 유사시 땜질 해설자로 나서도 괜찮을지 그대가 판단해주시라.

경기에는 흐름이 있습니다. 흐름은 출렁이는 곡선을 그립니다. 올라가는 곡선을 기회라 하고 내려가는 곡선을 위기라 합니다. 기회를 붙잡는 것 물론 중요합니다. 그러나 위기를 견디는 것 또한 못지않게 중요합니다. 어쩌면 위기를 견디는 것이 승패에 더 큰 영향을 미칠지 모릅니다. 이기고 싶다면 빠르게 이기려 하지 않아야 합니다. 빠르게 끝내려는 마음이 작은 틈을 만들고 그 작은 틈으로 위기가 비집고 들어옵니다. 견뎌야 합니다. 상황을 견디고 시간을 견디고 조급을 견뎌야 합니다. 견딤이 결과를 만듭니다. 견딤이 결과를 바꿉니다.

인생과 싸워 이기는 방법도 다르지 않겠지. 흔들릴 때마다 나에게 질문. 오늘도 잘 견디고 있는가. 위기는 극복하는 게 아니라 견디는 것이니까. 극복으로 극복하는 게 아니라 견딤으로 극복하는 것이니까.

이제 견디는 시간입니다/

두부를 자를 때

세상에서 가장 물러터진 음식은 무엇일까. 두부 아닐까. 네모반듯 각을 잡고 있지만 손가락 하나로 꾹 누르면 잡은 각을 금세 풀어버리는 두부. 녀석들 일부는 처음부터 각 잡기를 포기한 흐물흐물 순두부로 태어나기도 한다.

그런데 두부를 자를 때 우리는 무엇을 드는가. 칼이다. 이 연약한 녀석을 무려 칼을 들고 상대한다. 독일에서 날아온 쌍둥이칼은 자비를 모른다. 내 칼을 받아라. 선전포고도 없다. 도마 위에서 잔뜩 긴장한 두부를 아무렇지도 않게 쿡쿡 자른다. 두부는 저항 한 번 하지 못하고 작은 네모 여러 개로 분리된다.

그런데 누구도 칼을 말리지 않는다. 두부쯤은 그냥 손날로 내리치라고 말하지 않는다. 왜 그럴까. 왜 우리는 두부에게 이처럼 가혹할까. 두부는 잘게 잘려 찌개 속으로 들어가야 하고, 자르는 일을 가장 잘하는 놈이 칼이기 때문이다. 칼이 최선이기 때문이다.

최선. 참 멋진 말이다. 남김없이 나를 다 사용하는 것이 최선이다. 내 능력, 내 의지, 내 시간을 다 소진하는 것이 최선이다. 최고보다 최강보다 최초보다 훨씬 아름다운 말이 최선이다. 그렇다면 최선의 반대말은 무엇일까. 최악일까. 차선이나 차차선일까.

최선의 반대말은 '어차피'다.

어차피 찌개에 들어가면 각이 사라질 것을. 어차피 불에 닿으면 뭉개질 것을. 어차피 배 속에 들어가면 똥이 될 것을. 이런 나른한 말이 최선의 반대말이다.

'어차피'는 영리하고 앙큼하고 교활하다. 최선과는 무관한 말인 척 우리 안에 숨어 살고 있다. 그러다 기회만 있으면 나른한 마음을 부추겨 최선을 다해 최선을 훼방한다. 어차피 사흘도 못 갈 결심 왜 하니? 어차피 헤어질 사람 왜 만나니? 어차피 죽을 걸 왜 그렇게 아등바등 사니? 달관의 경지에 이른 통찰처럼 보이지만 실은 운명을 바꿀 의지가 없음을 자백하는 허약한 말들이다.

물론 모든 일에, 모든 순간에 최선을 다하면 금세 죽을지 모른다. 마음이 시키지 않은 일엔 차선이나 차차선을 내보내도 된다. 필요하다면 최선을 다해 최선을 말릴 필요도 있다. 그러나 최선을 방해하는 것이 '어차피'라면 녀석에게만은 쉽게 무릎 꿇어서는 안 된다.

최선에게 너무 화려한 훈장을 달아주면 눈이 부셔 접근이 어렵다. 필요할 때 꺼내 쓸 수 없다. 쉽게 가볍게 단순하게 생각하는 게 좋다. '어차피'에 지지 않는 마음이 최선이라고. 두부가 보이면 칼을 드는 것이 최선이라고.

그대도 알고 나도 안다. 우리 모두는 인생 처음부터 끝까지 두부보다 강한 녀석들을 상대해야 한다.

칠각형과 십팔각형의 결혼

부부는 닮는다고 한다. 어떻게 닮을까. 식성도 습관도 가치관도 다른 두 사람이 닮아간다는 게 가능한 일일까. 가능한 일이다. 가능한 일인데 이를 입증하는 건 쉽지 않다. 주례 입에서 나오는 뜬구름 잡는 말로는 이해하기도 어렵고 입증하기는 더 어렵다. 우리는 수학을 배웠다. 도형을 배웠다. 다 까먹었지만 삼각형 사각형이 어떻게 생겼는지는 안다. 도형으로 입증을 시도해본다.

칠각형이 있다.

십팔각형이 있다.

둘은 연애라는 뜨겁고 또 지루한 시간을 거치며 서로를 탐색한다. 이 도형은 각이 몇 개지? 하나, 둘, 셋…. 그러나 일주일에 한두 번 탐색으로는 서로의 각을 다 알기 어렵다. 한 공간에 살며 더 깊숙한 탐색을 하기로 결심한다.

좁은 공간이다. 몸을 조금만 움직여도 둘은 덜커덕덜커덕 부딪친다. 부딪치면 어떻게 될까. 삐죽삐죽 튀어나온 각이 조금씩 마모된다. 부딪치는 시간이 길어지면 결국 두 도형 모두 둥그런 원에 가까워진다. 이렇게 닮아가는 거다. 여기서 주목해야 할 말은 마모다. 공학적 표현으로는 마모지만 인문학의 눈으로 보면 배려다. 부부가 닮는 건 자신의 각을 조금씩 양보하기 때문이다.

나는 부부를 이렇게 정의했다. 한 글자로는 짝. 두 글자로는 하나. 세 글자로는 나란히. 네 글자로는 평생친구. 다섯 글자로는 사랑합니다. 열아홉 글자로는, 당신이 그랬다면 그럴 만한 이유가 있었겠지요.

앞세운 다섯은 건성으로 읽어도 좋다. 마지막 열아홉 글자를 말하고 싶어 조연 다섯을 앞에 모신 거니까. 마지막에 등장하는 열아홉 글자가 바로 마모다. 배려다. 양보다. 부부의 다툼은 대개 이런 말로 시작된다.

둘째 녀석 이대로 둘 거야?

앞집 차 바꿨던데.

멸치 말고 다른 반찬 없어?

당신, 오늘이 무슨 날인 줄 알아?

날카로운 무기는 등 뒤에 감췄지만 왠지 싸한 느낌. 전운이 감도는 순간이다. 이때 서로 등을 돌리면, 아내는 안방 남편은 건넌방 이렇게 거리를 두면 몸 부딪칠 기회가 사라진다. 각을 마모시킬 기회가 날아가 버린다. 배려도 양보도 각의 부딪침이 만든다. 그러니 부부싸움은 무조건 피할 일이 아니라 부딪쳐서 내 각을 마모시킬 기회로 써야 한다. 세상 부부들에게 주례사와 정반대로 말하고 싶다. 싸워라. 싸우면서 건설하는 것이 부부다.

이 글을 이십칠각형 내 아내가 읽는다면 이런 말을 하겠지. 너나 잘하세요. 물론 내가 듣고 싶은 말은 이런 말이다. 당신이 그렇게 썼다면 그럴 만한 이유가 있었겠지요.

함남면옥 상륙작전

우리 부부는 내 고향 여수를 찾으면 다른 유혹 다 물리치고 함남면옥부터 간다. 청와대 주방장도 무릎 꿇을 그 집 냉면을 먹기 위해서다.

아내와 나는 식성이 많이 다르다. 아내는 생선회를 좋아하는데 나는 그 물렁한 살의 맛을 모른다. 아내는 닭갈비가 좋은데 나는 닭백숙이 좋다. 아내는 와인인데 나는 소주다. 입하나만 보면 경부선과 호남선이다. 그러나 경부선과 호남선도 한 번은 만난다. 우리 부부는 함남면옥에서 만난다.

그깟 냉면 시간 되면 먹고 아니면 말지 웬 호들갑이냐 하겠지만 그렇지 않다. 우리에겐 '여수 왔다'는 말과 '함남면옥

갔다'는 말이 같은 말이다. 여수 갔는데 냉면은 못 먹었어. 이보다 충격적인 말은 없다. 그래서 우린 여수로 떠나기 며칠 전부터 함남면옥 상륙작전을 짠다. 치밀하게. 치열하게.

작전명은 장군의 점심.

함남면옥은 여수시 중앙동 로터리 이순신 동상 가까이에 있다. 함남면옥 정면 그러니까 종고산 쪽으로는 조선 수군의 자긍심이었던 국보 제304호 진남관이 있다. 동상-함남면옥-진남관이 삼각편대를 이룬 모습이다. 이순신과 함남면옥은 역사책도 모르는 모종의 관계가 있음이 분명하다. 나는 그 증좌를 함남면옥 정문에서 찾아냈다.

진남관 주차장에 주차하세요.

우리는 왜적을 격파하던 장군의 마음으로 출전을 준비한다. 장군에겐 그래도 열두 척의 배가 있었지만 우리에겐 달랑 차 한 척이다. 천안이나 익산에서 침몰하면 끝이다. 타이어에서 워셔액까지 꼼꼼히 점검한다. 명절 땐 함남면옥도 문을 닫는다. 날짜 계산, 시간 계산을 그르치면 냉면은 없다.

대충 계산해서 대충 출발하고 대충 달리면 냉면 대신 휴게소 라면을 삼켜야 할 수도 있다. 서울 출발 시각은 당연히 함남면옥 점령 시각이 정한다. 모든 게 순조롭다면 낮 12시 정각 내 차는 함남면옥에 상륙한다. 장군의 점심, 성공이다.

함남면옥에 입장하면 나는 냉면 곱빼기를, 아내는 회냉면을 시킨다. 이곳엔 물냉, 비냉이 따로 없다. 냉면 그릇과 육수 주전자가 나란히 나온다. 아내는 비냉을 먹다가 중간쯤부터 육수를 부어 물냉으로 간다. 나는 처음부터 육수를 콸콸 붓는다. 붓고 먹고 마시고 붓고 먹고 마시고. 이게 내 함남면옥 공략법이다. 각자의 냉면이 입 앞에 놓이면 아내와 나는 냉면 그릇에 머리를 박는다. 빈자리가 없어 합석한 남녀처럼 시선도 주지 않고 말도 섞지 않는다. 오로지 흡입이다.

사람들은 묻는다. 뭐가 그렇게 맛있는지. 면이 맛있는지 양념이 맛있는지 육수가 맛있는지. 우문이다. 그냥 셋 다 최강이다. 공격, 미드필드, 수비 모두 최강인 브라질 축구를 생각하면 된다.

3대를 이어온 비법은 면발에도 양념에도 해장이 저절로 되는 육수에도 촘촘히 스며들어 있을 것이다. 스며들어 있다 하지 않고 있을 거라고 했다. 느낌이고 상상이고 추측이다.

오랜 세월 같은 맛을
지킨다는 것.

백종원도 황교익도 아닌 내게, 어설픈 냉면주의자인 내게 이 이상의 진지한 설명을 기대한 사람은 없을 것이다. 기대에 부응하기 위해 돋보기 들고 냉면 그릇 깊숙이 들어가는 요란한 행위는 하지 않겠다.

아내는 가끔 아니 자주 말한다. 함남면옥 서울 분점은 언제 생길까. 안 생긴다는 걸 알면서 소용없는 이 말을 한다. 그러곤 입안에 희미하게 남은 함남면옥을 기억해내려고 애쓴다. 혀의 감각, 눈의 감각, 코의 감각을 총동원해 그 황홀한 맛을 시도한다. 괜한 짓이다. 다음 명절을 기약해야 한다.

시시각각 입맛이 요동치는 시대. 오랜 세월 같은 맛을 지킨다는 건 쉽지 않은 일이다. 세상이 어디로 흐르든 내 냉면은 이 맛이야. 나는 함남면옥의 이런 귀한 고집이 좋다. 같은 말이 더 자주 들렸으면 좋겠다. 세상이 어디로 흐르든 내 바느질은 이 맛이야. 세상이 어디로 흐르든 내 재즈는 이 맛이야. 세상이 어디로 흐르든 내 글은 이 맛이야.

카피 한 줄의 값

카피라이터는 뭐 하는 사람일까. 남의 이야기를 대신해주는 사람이다. 삼양라면 이야기도 대신해주고 삼성증권 이야기도 대신해준다. 대신의 대가는 무엇일까. 돈이다. 카피라이터는 돈을 받고 글을 주는 사람이다. 누군가의 가려운 곳을 문장 몇 줄로 박박 긁어주는 사람이다. 이 정도 설명이면 카피라이터라는 직업을 웬만큼 이해했을 것이다. 그런데 그대는 궁금한 게 하나 더 있다.

카피 한 줄의 값은 얼마일까.

값을 매기려면 그것을 생산하는 데 들어가는 비용을 먼저 따져야 한다. 자, 카피 한 줄을 생산하려면 무엇이 필요할까. 연필이 있어야겠지. 종이도 있어야겠지. 그리고 또 무엇이 필요할까. 없다. 종이와 연필이면 된다. 종이 위에서 연필이 열심히 놀면 카피는 생산된다. 그렇다면 계산은 쉽다. 연필 1천 원. 종이 1백 원. 카피를 생산하는 재료값은 딱 1천 1백 원이다. 여기에 카피라이터가 머리 굴린 값, 손목 굴린 값을 더하면 카피 한 줄의 소매가격이 나온다. 이것저것 굴린 값을 9백 원쯤 쳐준다면 카피 한 줄의 값은 2천 원.

이 계산이 맞는다면 한 줄에 수백 수천을 받는다는 유명 카피라이터들의 가격은 허무맹랑한 것 아닌가. 이들은 시장 질서를 교란하는 경제사범 아닌가. 이들이 황금연필을 쓰는지, 이탈리아 장인이 만든 종이를 수입해 쓰는지 검찰이 당장 압수 수색에 나서야 하는 것 아닌가.

카피에 정해진 가격은 없다. 실력 있고 경험 많은 카피라이터가 수요보다 많다면 가격은 내려갈 것이고, 그런 사람이 귀하다면 가격은 올라가겠지. 그러나 그것이 다는 아니다. 나는 평생 카피를 썼다. 카피를 써서 쌀도 사고 술도 샀으니 감히 프로라고 말할 수 있다. 프로는 내 몸값을 시장에만 맡

겨두지 않는다. 자신이 매긴다. 카피 한 줄의 원가가 2천 원이니 얼마를 받든 크게 남는 장사이겠지만 내 가치를 스스로 허무는 일은 하지 않는다. 몸값을 터무니없이 후려치려는 광고주 일은 사양한다.

가끔 이렇게 말하는 사람이 있다. 정카피, 그냥 노닥노닥하다가 생각나는 카피 있으면 하나만 던져줘. 친한 사람 입에서 나오는 무서운 말이다. 이 말은 프로를 프로로 인정하지 않겠다는 말과 같다. 아는 빵집에 들어가, 이 빵 내 취향이니 몇 개 가져갈게, 라고 말하며 계산대를 휙 스쳐 지나가는 꼴과 같다.

물론 모든 카피가 돈은 아니다. 나도 가끔은 돈 한 푼 받지 않는 카피를 쓴다. 코로나19의 습격에 세상이 놀라 자빠질 땐 이런 카피를 썼다.

코로나는 코리아를 이길 수 없습니다.

이 한 줄은 적지 않은 사람에게 용기를 주었고 한동안 경부고속도로 서울 톨게이트 정면에 대문짝만하게 올라앉기도 했다. 백신 수송차량도 몸통 한가운데 이 한 줄을 붙이고 전국을 달렸다. 보람이었고 영광이었다.

그때 나는 프로를 포기한 걸까. 그리 생각하지 않는다. 진짜 프로는 받을 때는 제대로 확실히 받고, 세상이 나를 필요로 한다면 기꺼이 나를 내놓을 줄 안다. 내가 묻고 내가 대답했던 이 글이 생각난다.

너는 왜 글을 쓰니?
돈 벌려고.
돈 벌어서 뭐 하려고?
돈 벌지 않아도 되는 글 쓰려고.

이 짧은 문답이 진정한 프로의 모습 아닐까. 내가 이 글 쪽으로 잘 가고 있는지는 모르겠다. 하지만 이런 대답을 씩씩하게 내놓고 싶은 욕심은 늘 있다.《카피책》에서도 말했지만 어쩌면 카피라이터는 아무도 모르게 자신의 철학과 인생과 욕심을 광고에 녹여 넣는 사람인지도 모른다.

같은 말

내 입이 내 진심을 호소하는 일에 지치지 않으면 지지 않는다.
내 귀가 나에 대한 비난과 조롱에 지치지 않으면 지지 않는다.
내 손이 거친 손과 악수하는 일에 지치지 않으면 지지 않는다.
내 발이 성취를 향해 달리는 일에 지치지 않으면 지지 않는다.

지치지 않는다. 지지 않는다. 같은 말이다. 글자 하나 넣고 빼지만 완전히 같은 말이다. 지치지 않으면 지지 않는다. 세상 모든 패배는 이 두 녀석이 만든다.

게으른 전진. 섣부른 후퇴.

고치다

직업병의 흔한 증상

남산 계단을 걸어 내려오고 있었다. 가팔랐다. 계단 곁에 경고문인지 호소문인지 문장 하나가 걸려 있었다.

계단을 내려오실 때는
난간대를 꼭 붙잡고 내려오세요.

경고라면 따르면 되고 호소라면 들어주면 된다. 그런데 나는 이 문장을 그냥 지나치지 못한다. 빨간 펜을 들고 노려본다. 왜 '내려오다'를 두 번 썼을까. '계단을 내려오실 때는 난간대를 꼭 붙잡으세요.' 이렇게 썼어야지. 아니면 절반을 싹

둑 잘라냈어야지. '난간대를 꼭 붙잡고 내려오세요.' 계단 곁에 붙은 말이니 미끄럼틀 이야기로 들을 사람은 없다. 말도 글도 짧을수록 좋다. 그리고 난간대. 이거 난간이라고 했어야지. 대는 왜 붙였담. 거치대, 전봇대, 단두대 같은 말에 휩쓸렸을까.

직업병이다. 나는 하루에도 몇 번씩 이 병을 앓는다. 엘리베이터를 타면 혼잣말을 한다. 관리소장님 '하십시요'가 아니라 '하십시오'입니다. 길을 걷다 현수막이 보이면 또 한마디 한다. 의원님 '새해'는 맞는데 '새배'는 아니지요. 고속도로 1차선을 달릴 때도 보일 건 보인다. 건설교통부 장관님 '삼가합시다'가 아니라 '삼갑시다'라니까요.

세상 모든 글은 나를 괴롭히기로 작정한 듯 상처 한두 개씩 달고 내게 달려든다. 하지만 참는다. 괴롭지만 참는다. 이거 바꾼다고 세상 바뀌지 않으니까.

그런데 내가 사랑하는 사람 손끝에서 이런 실수가 나오면 조바심이 난다. 누가 보기 전에 고쳐야 할 텐데. 슬쩍 문자를 보내볼까. 기분 나쁠 수도 있는데. 간섭하고 싶어 안달한다. 그가 책 한 권 안 읽는 사람으로 보일까 두렵다. 표현의 적절함, 분명함, 간결함을 놓치는 건 괜찮다. 그럴 수 있다. 그런데 맞춤법 실패가 눈에 띄면 나는 똥 마려운 개처럼 혼자 끙 끙거린다.

물론 맞춤법은 어렵다. 미적분보다 어렵다. 글 써서 밥 먹고 사는 나도 맞춤법 때문에 편집자에게 맨날 혼난다. 지금 쓰는 이 글도 매의 눈을 가진 편집자의 지적과 호통을 피하지는 못할 것이다. 그런 주제에 오지랖은 넓어 내 가족, 내 친구의 실패가 눈에 띄면 미친다. 나는 미치기 싫다. 사는 날까지는 제정신으로 살고 싶다. 그래서 아주 헐렁한 간섭 하나를 마련했다. 제발 이 다섯 가지는 통과해달라고 비는 소심한 간섭이다.

몇일이라고 쓰지 마세요.

역활이라고 쓰지 마세요.

설레임이라고 쓰지 마세요.

설겆이라고 쓰지 마세요.

날으는 새라고 쓰지 마세요.

겨우 요거야? 누가 이런 걸 틀려. 그대가 이런 반응을 보인다면 됐다. 직업병이 낳은 합병증쯤으로 이해해줬으면 한다. 남산에서 여기까지 질질 끌고 와서 미안하다.

미안하다고 했는데 그대는 내 사과를 받아들일 뜻이 없는 것 같다. 굳이 이런 말을 한다. 내가 실수를 하던지 말던지 더는 간섭 말아요. 간섭 말라고 했으니 간섭은 접겠다. 하지만 이 한마디는 해야겠다. 하든지 말든지.

2

움직이는 말 움직이는 마음

내 시계는 내가 만든다

그럴 때가 있다. 글이 밥알처럼 곤두서지 못하고 자꾸 뭉개질 때. 흐물흐물 흐느적거릴 때. 글만 그럴까. 글을 일로 바꿔 다시 읽어보시라. 일이 밥알처럼 곤두서지 못하고 자꾸 뭉개질 때. 흐물흐물 흐느적거릴 때.

이럴 땐 어찌해야 할까. 세상은 이런 답을 준다. 목을 빙빙 돌리세요. 오른손 엄지에 힘을 줘 뒤통수를 꾹꾹 누르세요. 자리에서 일어나 국민체조를 하세요. 해봤다. 해봤는데 글은 곤두서지 않았다. 보다 슬기로운 해결책이 필요했고 나는 그것을 기어코 찾아냈다. 그건 일과 맞서 싸우려 하지 않고 퇴각하는 것이다. 오늘은 영 아니다 싶으면 그 순간 퇴근이다.

나는 오랜 세월 프리랜서로 일했다. 생각도 나 홀로. 생산도 나 홀로. 배달도 나 홀로. 처음엔 프리랜서의 의미를 잘 몰랐다. 남들 출근할 때 출근하고 퇴근할 때 퇴근했다. 그래야 하는 줄 알았다. 그래야 무질서해지기 쉬운 프리랜서 생활에 반듯한 리듬이 생긴다고 믿었다. 그러던 어느 날 남들이 브런치 먹는 시간에 출근했다. 아무 일 없었다. 또 한 날은 점심 먹고 바로 퇴근했다. 아무 일 없었다. 세상에, 그래도 되는 거였다. 왜 출퇴근길이 맨날 막히는지 궁금했는데 주범은 나였다.

물론 나 혼자 저지른 범행은 아니다. 은퇴한 선배들도 공범이다. 그들은 굳이 후배들 퇴근하는 저녁 일곱 시에 술 약속을 한다. 이해할 수 없다. 오후 네 시에 취해도 이상할 것 없는데. 시비할 사람 없는데. 백약이 무효하다는 출퇴근 정체. 이 땅의 프리랜서와 은퇴한 선배들이 나서줘야 한다. 복잡한 시간, 혼잡한 거리에 나 하나 더 보태지 않으면 된다.

우여곡절을 겪은 내 출근 시간은 새벽으로 정리되었다. 빠르면 세 시, 늦어도 다섯 시엔 출근한다. 눈 뜨면 눈 딱 감고 출근이다. 오늘은 새벽 세 시에 작업실에 도착했다. 이게 무슨 뜻일까. 남들이 일을 시작하는 아침 아홉 시, 나는 무려 여섯 시간 일을 했다는 뜻이다. 오늘 할 일 다 했으니 퇴근해도 된다는 뜻이다.

내가 연필과 종이에 집중할 수 있는 시간은 하루 여섯 시간 정도다. 그 이상 책상을 지키는 건 의미가 없다. 생산성도 떨어지고 때론 역효과가 나기도 한다. 이미 할 일 다 했으니 오전부터 흐느적흐느적 논다. 점심땐 복층 다락으로 기어 올라가 낮잠을 잔다. 가끔 낮술도 한다. 대낮부터 술 마시는 사람을 차가운 눈으로 쏘아본 적 있다면 더는 그러지 않는 게 좋다. 그는 이미 하루 일을 보람차게 끝낸 사람일 수도 있다.

물론 일찍 퇴근한다고 일과 완전히 이별하는 건 아니다. 내가 주섬주섬 퇴근을 챙길 때, 하던 일 일부는 내 머릿속으로 기어 들어온다. 나랑 함께 퇴근한다. 술자리에도 합석한다. 술에 몰입하고 싶은데 자꾸 말을 건다. 아까 그 문장, 이렇게 바꾸면 어때? 통째로 날려버리면 어때? 심지어는 잠자리까지 따라와 꿈속에서 내 귀에 대고 속삭인다. 퇴근은 했는데 완전한 퇴근은 아니다. 내게 퇴근은 생각이 멈추는 시간이 아니라 생각이 발효되는 시간이다. 숙성되는 시간이다.

남이 내 손에 채워준 손목시계는 내 신체리듬과 두뇌리듬을 이해하지 못한다. 나는 그 멍청한 시계를 풀어버렸다. 내

남이 채워준 시계가 아닌
내가 만든 시계

시계는 내가 만든다. 나는 내 집중력이 가장 곤두서는 이른 새벽에 나를 사용한다. 궁금하다. 그대 손목엔 그대가 만든 시계가 채워져 있는지.

어눌함이라는 무기

내 차례는 성큼성큼 다가왔다. 저 많은 눈. 저 많은 귀. 나는 내가 저들 앞에 서기 직전 지진이나 태풍 같은 것이 그곳을 덮쳐 순간 아수라장이 되길 빌었다. 그런 행운은 없었다. 나는 그 많은 눈과 귀 앞에 홀로 서야 했다.

광고대행사에 몸담고 있던 시절이었다. 꽤 큰 광고주를 놓고 겨루는 경쟁 프레젠테이션. 제작물 설명을 내가 해야 했다. 그때 나는 안으로 파고드는 일에 익숙했고 밖으로 나가는 일엔 서툴렀다. 사람들은 이런 나를 내성적이라고 표현했다. 무대에 오르거나 카메라 앞에 서면 나는 머리가 하얘져 말을 못했다. 울렁증 같은 거다. 남들 앞에 나서는 걸 피한다고 피했는데 그날은 피할 수 없는 형편이었다. 나는 내가 무슨 말을 하는지 모를 만큼 긴장했고 프레젠테이션을 엉망으로 마쳤다.

결과는 나쁘지 않았다. 우리 회사는 광고주 하나를 더 얻었고 나는 그 기업 카피를 도맡아 썼다. 그러나 나는 바보 같은 그날의 나를 잊을 수 없었다. 다시는 사람들 앞에 서지 않을 거라 다짐했다. 나는 왜 말을 못할까. 글은 곧잘 쓰면서 말은 왜 못할까. 나는 이 문제를 극복하려고 애쓰는 대신 문제를 피하는 것으로 문제를 말끔히 해결했다. 다짐은 꽤 오래 지켜졌다.

책을 쓰기 시작하며 다시 압박이 시작되었다. 작가로 밥 먹고 살려면 강연도 하고 독자와의 만남 같은 것도 가져야 한다고 했다. 계속 피할 수만은 없었다. 광화문 교보문고에서 딱 한 번 특강을 하기로 했다. 강연 주제는, 머리를 가지고 노는 아홉 가지 방법. 한 장 한 장이 피카소 작품 같은 피피티를 무려 100장 가까이 만들었다.

세월이 흘렀지만 나아진 건 없었다. 목소리는 떨렸고 나는 내 앞에 앉은 사람들과 눈도 맞추지 못했다. 어렵게 어렵게 한 시간 반을 버텼다. 끝났다. 무사히 끝났다. 큰 기대가 없었기에 나는 나를 위로할 수 있었다. 그만하면 잘했어. 무거운 숙제를 마쳤으니 기분은 그런대로 가벼웠다. 그때 강연을 들은 두어 사람이 내게 다가왔다. 그들은 강연 잘 들었다는 말과 함께 믿기 어려운 말을 보탰다. 이 강연 우리 회사에서도 한 번 합시다. 우리 학교에 와주실 수 있나요?

뭐지? 뭘까? 형편없는 강연을 또 듣겠다니. 혼자 들은 것이 억울하다는 건가. 동료들도 당해보라는 건가. 나는 잠깐 주저하다 에라 모르겠다, 그러겠노라 대답해버렸다. 그날 이후 강연이 강연을 불렀고 나는 카피라이터가 아니라 작가가 아니라 강사가 되어 있었다. 정신 차리고 보니 그리 되어 있었다.

곰곰이 생각해봤다. 교보문고 첫 강연. 그 부실한 강연에 왜 몇몇이 반응했을까. 나는 내 마음대로 이런 답을 찾아냈다.

사람들이 만나고 싶어 하는 건 유창한 말이나 현란한 강연 기술 같은 것이 아니다. 말은 어눌하더라도 말속에 진심이 보이면 그 말은 들린다. 다른 어떤 말보다 크게 들린다. 목소리 떨림 같은 건 오히려 진심을 진심으로 들리게 하는 일을 한다. 나는 내 강연에 스티브 잡스나 워런 버핏 같은 화려한 인사를 모셔 오지 않았다. 처음부터 끝까지 내 이야기를 내 목소리로 뚜벅뚜벅 했다. 그것이 들렸는지도 모른다. 어쨌든 그날 내 유일한 무기는 어눌함이었다.

이제 나는 청중을 웃기는 말도 곧잘 한다. 웃긴다고 웃겼는데 아무도 웃지 않으면 안 웃긴 척하는 표정을 지을 줄도 안다. 끝내 유창한 강연과는 거리가 멀겠지만 지진이나 태풍을 소원하던 나를 떠올리면 지금 나는 내가 아니다. 신기한 건, 내 인생에는 없는 일이라고 단언한 일이 직업 비슷한 것이 되어버렸다는 것.

우리는 이 쉬운 명제를 알면서 자꾸 까먹는다. 말을 잘하는 방법은 말을 하는 것이다. 글을 잘 쓰는 방법은 글을 쓰는 것이다. 탁구를 잘 치는 방법은 탁구를 치는 것이다.

말을 잘하는 방법은 말을 하는것.

글을 잘 쓰는 방법은 글을 쓰는 것.

손의 악력을 풀며

작업실을 옮겼다. 한곳에서 10년. 있을 만큼 있었다. 한바탕 정리가 필요했다. 그때 나는 관성에 끌려다니는 나에게 실망하고 있었으니까. 새 공기를 호흡하고 싶었다. 공기를 바꾸기 위해 공간을 바꾸기로 했다. 새 공간으로 나를 옮기는 것으로 정리를 시도했다.

정리란 무엇일까. 있어야 할 곳에 있어야 할 것을 두는 것이 정리일까. 사전은 늘 이런 식이다. 가장 빤한 답을 가장 게으른 문장으로 내놓는다. 재미도 감동도 없으니 서점에서 사전 들고 계산대에 줄 서는 사람을 찾아보기 어렵다. 국어사전이 베스트셀러에 올랐다는 말을 나는 듣지 못했다.

다시, 정리란 무엇일까. 버리는 것. 그래, 이 대답이 좋다. 정리는 하는 것이 아니라 되는 것이다. 버릴 것을 버림으로써 자연스럽게 되는 것. 손의 악력을 풀어 몸과 마음 모두 가벼워지는 것. 집착이나 미련 같은 것도 버리는 것에 쑤셔 넣어 같이 버리는 것.

이사 보름 전부터 버리기를 시작했다. 먼저 카피 두 줄을 썼다.

안녕히 가십시오. 또 만나지 맙시다.

정을 떼려는 카피다. 이 카피를 선봉에 세우고 10년간 쌓아온 욕심을 무정하게 버려나갔다.

고장 난 지포라이터 다섯 개를 버렸다. 혹시 하고 켜봤는데 역시 칙칙 소리만 냈다. 잉크를 공급받지 못해 말라비틀어진 만년필 세 개도 버렸다. 죽은 011 두 개와 더 일찍 죽은 015 하나도 버렸다. 조금 놀랐다. 여태 내가 삐삐를 붙들고 있었다니. 세월이 흘러 이젠 가치를 알 길 없는 중국 동전, 태국 동전 수십 개도 버렸다. 이것들 싸들고 외환은행 갈 일 없다. 펼칠 일이 거의 없어진 스물 몇 권짜리 백과사전 한 질도 낑낑거리며 갖다 버렸다. 여기저기서 받은 자료, 기획서, 브로슈어 등 종이란 종이도 다 버렸다. 늠름한 책으로 환생하길 빌었다. 냉장고도 텔레비전도 버렸다. 프린터도 스캐너도 버렸다. 주전자도 냄비도 버렸다. 회의탁자도 나무의자도 버렸다. 작업실과 회의실은 완전히 다른 말이다. 이제 내 작업실에서 회의는 없다. 사람들이 찾아오면 근처 카페에서 만날 것이다. 휴대폰 속으로 기어들어가지 못하고 작업실 구석을 뒹굴던 명함 수백 장도 버렸다. 갖고 있으면 필요할지 몰라, 하는 허튼 기대도 함께 버렸다. 책상 하나 데스크톱 하나 남기고 다 버렸다. 버리기 시작하니 못 버릴 것은 없었다. 이 삿짐은 가벼웠고 작은 용달 하나에 쏙 들어갔다.

후유증도 있었다. 먼지 쌓인 옛날 안경 다 버리다가 책 읽을 때 가끔 쓰는 싱싱한 돋보기안경도 따라가 버렸다. 지난 몇 년 치 다이어리 다 버리다가 올해 다이어리도 따라가 버렸다. 올해가 반도 지나지 않았는데.

버린다고 버렸는데 결국 버리지 못하고 데려온 게 하나 있다. 바로 나다. 게으른 나, 비겁한 나, 교만한 나는 버리고 괜찮은 나만 데려오고 싶었는데 그렇게 하지 못했다. 공기는 바꿨는데 공기를 호흡할 허파는 바꾸지 못했다. 그래서 또 살아온 대로 이렇게 저렇게 그렇게 산다. 하지만 괜찮다. 무거운 나는 버리고 가벼운 나를 데려왔으니 그것도 대견한 일이다.

다음 이사 땐 내 안에 사는 것들을 버릴 수 있을까. 쉽지 않겠지. 하지만 이번 정리 때 건진 카피 한 줄을 잊지 않는다면 가능할지도 몰라.

버리기 시작하면 못 버릴 것은 없다.

착한 짓

새벽에 눈 뜨면 눈곱만 떼고 작업실로 향한다. 그날도 그랬다. 식구들 깰라 살금살금 도둑 걸음으로 집을 나서는데 현관문 바깥에 큼지막한 상자 하나가 놓여 있었다. 어제 받은 택배의 허물로 보였다. 아내가 그것을 들고 낑낑거리며 계단 내려갈 것을 생각하니 못 본 척 지나칠 수 없었다. 나는 남편 본능이 발동해 상자를 품에 안고 내려와 착실히 분리수거를 한 후 작업실로 향했다.

착한 짓을 했으니 칭찬받겠지. 출근길은 가벼웠다. 작업실에 도착해 커피를 내리는데 아차, 하는 생각이 들었다. 택배 상자가 깨끗이 치워진 현관 사진을 찍었어야 했어. 동 트는 대로 그 자랑스러운 사진을 아내에게 보냈어야 했어. 나, 이런 사람. 이 짧은 문자와 함께.

그런데 커피 한 잔을 다 마실 즈음 생각이 바뀌었다. 아니야, 착한 짓은 조용히 은밀히 하라 했어. 오른손이 하는 걸 왼손도 모르게 하라 했어. 아무 일 없었다는 듯 그냥 있는 거야. 현관문을 열고 나온 아내가 상자의 부재를 확인하겠지. 내가 몹시 착한 짓을 했음을 알아차리겠지. 감동하거나 감격하겠지. 내게 이모티콘 팡팡 터지는 문자를 보내겠지. 나는 오른손 검지를 코끝에 갖다 댔다. 쉿.

그날따라 아침은 더디 왔다. 어차피 받을 칭찬 조금 늦게 받으면 어때. 나는 조급해하지 않았다. 서너 시간이 지나자 아내가 전화를 했다. 문자가 아니라 전화였다. 무슨 전화씩이나. 나는 칭찬받을 자세를 한껏 취한 후 휴대폰을 귀에 갖다 댔다. 그런데 이게 뭐지? 기대했던 목소리가 아니었다. 온도가 달랐다. 그녀는 다급하게 물었다.

택배상자 치웠어?
응, 내가 갖다 버렸어. 별로 무겁지 않던데.
아, 미치겠네. 전화 끊어.

치울 건 나였어.

...

칭찬은커녕 내가 그녀를 미치게 했다니. 억울했다. 그녀가 살짝 괘씸하기도 했다. 잠시 후 그녀가 보낸 이모티콘 하나 없는 싸늘한 문자는 착한 짓도 아무나 하는 게 아니라고 말하고 있었다.

15만 원 버렸어. 반품이었는데.

어쩐지 빈 상자치고 꽤 무겁더라. 나는 허공에 대고 소용없는 혼잣말을 했다. 그날 나는 알았다. 나라는 남편은 분리수거용으로 쓰기에도 적당하지 않다는 것을. 햇볕 좋은 날 분리수거 되기 딱 좋은 남편이라는 것을.

나의 용도는 무엇일까. 글 쓰는 것 말고 내가 할 줄 아는 게 있을까. 오후 내내 이 질문을 붙들고 진지하게 고민했다. 오후가 저녁으로 바뀔 즈음 답을 찾았다. 없다. 답을 찾고 나니 할 일이 분명해졌다. 그날 나는 15만 원어치 글을 더 써야 했다.

비우면 비로소 보이는 것

• 글자를 비웠더니 비로소 종이가 보였다. 종이의 질감이 보였다.

나는 라디오를 켜지 않는다

정오 뉴스를 말씀드리겠습니다. 오늘 뉴스는 없습니다. 살인도 없고 사기도 없고 횡령도 없습니다. 연예인 이혼 소식도 없습니다. 정치인 감옥 갔다는 소식도 없습니다. 뉴스를 마칩니다.

이런 황홀한 뉴스를 듣는 날은 오지 않을 것이다. 그래서 나는 차를 가지고 움직일 땐 라디오를 켜지 않는다. 뉴스는 좋은 기분을 순식간에 우울하게 만드는 비상한 재주를 갖고 있다. 우울해지기 싫은 나는 뉴스 대신 노래와 함께 달린다. 내 유에스비에 담긴 노래는 어림잡아 6천 곡. 밤을 자주 싸돌아다니는 직업은 아니니 챙긴 노래를 처음부터 끝까지 다 들으려면 1년 가까이 소요된다.

내가 노래를 찾아 듣는 방법은 조금 괴팍하다. 좋아하는 노래로 플레이리스트를 만들어 주르륵 듣는 게 아니라 노래 한 곡이 좋으면 그것만 듣는다. 〈봄날은 간다〉가 좋으면 봄날이 갈 때까지 〈봄날은 간다〉만 듣는다. 같은 노래를 반복해서 들으면 금세 지겨워지지 않느냐고 묻고 싶겠지. 걱정 안 해도 된다. 내 유에스비 폴더엔 이런 제목이 붙어 있다.

같은 다른

한 노래에 꽂히면 그 노래를 부른 모든 목소리를 찾아 차에 싣는다. 그러니 한 곡이 열 곡이 되기도 하고 스무 곡이 되기도 한다. 가장 많은 목소리를 담은 노래는 산울림의 〈회상〉. 길을 걸었지. 무심하게 툭 던지는 첫 문장이 참 좋다.

나는 넓고 푸른 음악의 바다에 풍덩 뛰어들어 경험 많은 해녀처럼 몸을 놀리며 〈회상〉을 찾는다. 해초들 사이로 웅산도 보이고 거미도 보인다. 바위틈으로 임지훈도 보이고 장범준도 보이고 이진아도 보이고 연리목도 보인다. 잘생긴 배우 정경호도 보인다. 그 외에도 수많은 목소리가 이 노래를 시도했고, 내 취향과 많이 어긋나지 않으면 나는 적극적으로 이들을 건져 올려 차에 태운다.

같지만 다르다. 같은 노래도 부르는 사람이, 편곡하는 사람이, 연주하는 사람이 곡을 어떻게 해석하느냐에 따라 전혀 다른 무엇이 된다. 귤이 되기도 하고 탱자가 되기도 하고 멜론이 되기도 한다. 내가 웅산에서 차가운 체념을 받았다면, 연리목에서는 뜨거운 분노를 받았다. 그들이 내게 그것을 던졌는지는 알 수 없지만 나는 받았다. 같지만 다른 그 차이를 나는 즐긴다.

신은 왜 눈, 코, 귀, 입을 따로따로 설계했을까. 좁디좁은 얼굴에 왜 그것들을 다닥다닥 붙여 놓았을까. 그저 잘 보고 잘 듣고 잘 먹고 잘 살라는 뜻일까. 혹시 이들 모두를 다름을 발견하는 데 쓰라는 뜻은 아닐까.

내 귀는 같은 노래에서 다름을 발견한다. 누군가의 입은 북한강과 남한강의 메기매운탕에서 다름을 발견하겠지. 누군가의 눈은 테헤란로 빌딩이 하늘을 찌르는 각도에서 다름을 발견하겠지. 다름을 발견하는 곳은 다 다름이지만 인생의 지루함을 무찌른다는 건 다 같음 아닐까.

이 책을 읽는 그대는 어디에서 다름을 발견할까. 남들이 잘 들여다보지 않는 으슥한 곳이었으면 좋겠다. 세상 모든 소설 첫 문장에서 다름을 발견한다거나, 세상 모든 영화 마지막 대사에서 다름을 발견한다거나.

욕심이 아닌 척하는 욕심

옷매무새를 정갈히 하고 경건한 표정을 짓는다. 두 손을 가슴 앞으로 가져간다. 양 손바닥을 밀착시킨다. 공기 한 톨 들어갈 수 없게 밀착시킨다. 손에 쥔 것이, 또 쥐려 하는 것이 아무것도 없음을 신에게 10초 이상 보여드린다. 욕심 다 비웠음을 확인시켜드린 후, 욕심이 아닌 척하는 욕심 하나를 털어놓는다.

내 눈에 비친 기도하는 모습이다. 가장 경건한 태도로 양껏 욕심을 털어놓는, 꽤 우스꽝스러운 행위가 기도다. 사람들은 어려운 부탁일수록 더 많은 애교와 더 많은 아양을 동원한다. 그런데 기도엔 애교도 아양도 없다. 오로지 성스러운 표정 하나로 승부한다. 우습다. 그렇다고 남의 기도에 킥킥 웃음을 보여서는 안 된다. 그 정도 에티켓은 갖추고 있을 거라 믿는다.

기도는 드릴 것 드리고 받을 것 받는 단순한 의식이다. 이 짧은 주고받음에 과한 의미를 줄 필요도, 싸늘한 시선을 줄 이유도 없다. 오늘도 사람과 신이 거래를 하는구나, 수천 년 이어온 이 거래 참 질기구나, 이렇게 받아들이면 된다.

주세요.

기도는 결국 이 세 글자다. 합격 주세요. 건강 주세요. 이 땅에 사랑과 평화를 주세요. 세상 모든 기도문은 '주세요'로 끝난다. 뭘 맡겨놓은 것도 아닌데 우리는 하루에도 몇 번씩 주세요, 주세요 노래를 한다. 때론 방구석에서 독창. 때론 예배당에 모여 합창.

신은 간절히 기도하면 들어준다고 한다. 그럴지도 모른다. 그러니 너도나도 옆구리에 성경 끼고 예배당을 찾는 거겠지. 그런데 이런 말도 심심치 않게 들린다. 신이 내 기도를 씹었어. 아무리 너그러운 신도 모든 욕심을 다 들어주지는 않는다.

째째하게 보일지 모르지만 그에게도 조건이라는 게 있다. 그건 '주세요' 앞에 '했으니'를 붙일 것. 잠 안 자고 공부했으니 합격 주세요. 하루 만 보 걸었으니 건강 주세요. 남북 철도를 연결하는 시민단체에 침목枕木 하나 기증했으니 이 땅에 사랑과 평화를 주세요. 이렇게 '했으니'를 붙여야 신이 반응한다.

그렇다고 또 모든 '했으니'에 다 반응하는 건 아니다. 로또 구입했으니 당첨 주세요. 이런 기도는 신에게 닿지 않는다. 노력 없는 욕심에, 희생 없는 소망에, 사랑 없는 사랑에 응답하는 신은 없다. 신의 모습이 사람을 닮았다면 그에게도 눈이 있고 귀가 있을 것이다. 누가 몇 시에 잠들었는지, 만 보를 걸었는지 오천 보를 걸었는지, 침목을 보내는 척하며 침묵만 보냈는지, 신은 안다.

오늘은 나도 욕심이 아닌 척하는 욕심 하나를 털어놓는다. 지금 쓰는 이 글, 군더더기 하나 없는 글로 완성하게 해주세요. 물론 내 기도에도 '했으니'가 붙어야겠지. 어떤 '했으니'를 붙여야 신이 반응할까. 최선을 다했으니. 이건 아닐 것이다. 최선을 다하지 않는 작가가 어디 있으랴. 또 최선인지 아닌지 가늠하는 잣대가 신의 손에 들려 있다는 보장도 없다.

더 구체적인 '했으니'를 내밀어야 한다.

　　쓰고 지우고 고치고.

　　쓰고 지우고 고치고.

　이 지루한 행위를 서른 번 반복했으니, 아니 마흔 번 반복
했으니 군더더기 없는 글 주세요. 오늘 나는 이렇게 기도할
것이다. 물론 기도하기 전에 할 일을 할 것이다.

꿈속의 사랑

시를 짓다.

밥을 짓다.

옷을 짓다.

집을 짓다.

우리는 '짓다'라는 동사 하나로 많은 것을 만들어낸다. 죄를 짓는 것 말고는 대부분 귀한 것들이다. 이름도 짓는다고 한다. 아이 이름도 짓고 가게 이름도 짓는다. 이름 하나가 그 귀한 것의 운명을 바꿀 수도 있으니 쉽게 대충 지을 수 없다.

작가에게 가장 어려운 '짓다'는 책 이름, 즉 제목을 짓는 일일 것이다. 그동안 나는 열 권이 넘는 책을 썼다. 열 개가 넘는 제목을 지었다. 짓고 나서 후회한 제목도 물론 있다. 이 책은 제목이 다 했어. 내가 나를 칭찬한 제목도 있다. 바로 《카피책》이다. 카피 쓰는 요령을 알려주는 책이니 카피책. 쉽고 짧고 정체가 분명하다. 말의 힘도 좋다. 이런 제목은 어깨에서 힘이 빠졌을 때 나온다. 억지로 쥐어짤 때 억지스러운 제목이 나오고 그런 책은 결과도 신통치 않다.

지금 그대가 펼친 이 책. 나는 이 책을 쓰면서도 제목 고민을 함께 했다. 수십 개 제목이 머릿속에서 왔다 갔다 춤을 췄다. '사람은 동사다'라는 제목도 만지작거리다가 놓았다. '나는 출출할 때 동사를 꺼내 먹는다'는 사나흘 살아 있었는데 일주일을 넘기지 못했다. '낮에 놀다 두고 온 동사'도 낮에 갖고 놀다 밤에 버렸다. 어제는 '이거다' 오늘은 '아니다'의 반복이었다.

제목 스트레스가 심했을까. 한잔하고 잠이 들었는데 꿈에 신령이 나타났다. 백발에 하얗게 수염을 기른 남자 신령이었다. 그는 내 고민을 알고 있었다. 내 어깨를 툭 치며 제목 하나를 내밀었다. 이거다. 딱 이거다. 나의 정성에 하늘이 반응했다. 하늘은 내 편이다. 내일 아침 일어나자마자 하늘이 내린 이 귀한 제목을 출판사에 아뢰어야지. 신령이 줬다는 말은 군이 할 필요가 없겠지. 내가 지은 제목인 양 목소리 깔고 건네야지.

날이 밝기를 기다리다 다시 잠이 들었다. 다시 꿈을 꾼 것 같은데 무슨 꿈이었는지 생각나지 않는다. 신령은 출연하지 않았다.

아침이 왔다. 어라, 머리가 깨끗하다. 틀림없이 뇌 한가운데 하늘이 준 제목을 저장했는데 밤새 누가 들어와 머릿속을 청소해버렸다. 다시 떠올리려고 끙끙댔다. 생각이 날 듯 말 듯 간질간질 괴롭히니 더 미친다. 맑은 물 한 잔 마시고 집중력을 끌어올렸다. 신령의 입 모양을 기억해내려고 애썼다. 그러나 한 번 도망간 제목은 끝내 돌아오지 않았다.

꿈속의 사랑처럼 허무했다. 허망했다. 오전 내내 내 한계를 자책했다. 내 머릿속을 청소한 누군가를 원망했다. 오늘밤부터는 자다가도 벌떡 일어나 메모를 할 거라고 다짐도 했다. 그러나 자책도 원망도 다짐도 다 소용없는 짓이다.

더는 미련에 끌려다닐 수 없었다. 생각을 바꾸기로 했다. 새벽녘에 실종된 제목은 개도 안 물어갈 형편없는 제목이었을 거야. 이렇게 믿기로 했다. 행여 믿음이 흔들릴까, 혼잣말로 열다섯 번 중얼거렸다. '신령은 카피라이터가 아니야. 신령은 카피라이터가 아니야.' 그날 이후 신령은 내 꿈에 출연하지 않는다. 많이 바쁜 모양이다.

거기와 여기

후회는 거기 있고 기회는 여기 있다.

거기에서 여기까지의 거리는 좌우로 양팔을 길게 뻗은 길이보다 조금 더 길다. 어느 하나를 잡으면 다른 하나를 잡을 수 없다. 거기 있는 걸 잡는 것보다 여기 있는 걸 잡는 게 더 쉽지 않을까.

거기 있는 그대, 여기로 오시라.

생각을 강제하는 말

날 풀리면 부산 한번 내려갈게요.

지난주 남편이랑 제주 내려갔다 왔어요.

여수는 어느 계절에 내려가는 게 좋을까요?

누가 하는 말일까. 서울이 하는 말이다. 서울은 다른 곳을
향해 움직일 때 내려간다는 표현을 스스럼없이 쓴다. 서울보
다 위도가 높은 파주에게도 씩씩하게 말한다. 파주 내려가는
데 한 시간이면 충분하겠지? 서울이 하는 말에 화답이라도
하듯 부산과 제주와 여수와 파주는 또 이렇게 말한다.

서울 한번 올라가기가 쉽지 않네요.

남쪽 한반도에서 가장 높은 땅은 한라산이라고 배웠다. 백록담에 사는 사슴이 아니라면 누구도 내려간다는 말을 쉽게 써서는 안 된다. 생각이 말을 만들어 내보내기도 하지만 말이 생각을 강제하기도 한다. 서울은 내려간다는 말을 태연하게 사용함으로써 스스로 높아진다. 자신도 모르게 모든 도시를 발아래 도시로 인식한다. 그곳에 사는 사람마저 내려다봐도 좋은 사람으로 여길지 모른다. 부산과 제주와 여수와 파주는 서울에게 올라간다는 말을 바침으로써 스스로 낮아진다.

여수도 가는 곳이고 부산도 가는 곳이다. 서울도 가는 곳이다. 이 좁은 땅, 내려갈 곳도 올라갈 곳도 없다. 모든 움직임은 수평 이동이다. 나도 모르게 내 입에 들어앉은 이런 말도 한번쯤 다시 생각해봐야 하지 않을까.

본사로 들어갔어요.
지사로 나갔어요.

자동차가 죽었다

냉장고가 죽었다. 향년 13세. 삼가 명복을 빌었다. 영문도 모른 채 함께 사망한 육해공 음식에게도 묵념. 졸지에 상주가된 나를 열한 살 텔레비전이 빤히 쳐다봤다. 많이 아픈 표정으로. 며칠 후 텔레비전도 갔다. 그해 겨울 열여덟 살 자동차도 그들 뒤를 따랐다. 이별이 잦은 한 해였다.

우리 삶은 헤어짐의 연속이다. 만나면 헤어진다. 지금 내곁에 있는 것들 중 (그것이 사람이든 사물이든) 헤어지지 않을거라 장담할 수 있는 것이 있을까. 어차피 헤어질 거라면 잘헤어져야 한다. 떠나는 자의 뒷모습이 어쩌고 하면서 아름답게 헤어지려고 애쓸 것도 없다. 그냥 잘 헤어지면 된다.

잘가~

삶은 헤어짐의 연속

냉장고와 헤어질 때도, 텔레비전과 헤어질 때도 나는 많이 슬퍼하지 않았다. 가벼운 묵념으로 떠나보냈다. 그런데 자동차만은 가볍게 떠나보내기 싫었다. 무려 18년을 내 발이 되어준 동무다. 18년 동무 흔하지 않다. 함께 울고 웃고 때론 발로 차고, 사연은 또 얼마나 많았겠는가.

조선 순조 때 유씨 부인은 부러뜨린 바늘에 대한 슬픈 심회를 글로 썼다. 〈조침문弔針文〉이라는 제문 형식의 글이다. 잘 헤어지는 게 어떤 건지 보여주는 아름다운 글이다. 나는 조침문을 패러디하기로 했다. 18년 동무와 헤어지는 슬픈 심회를 조차문弔車文이라는 제목으로 다시 썼다. 전문을 그대로 옮긴다.

유세차 모년 모월 모일 카피라이터 정 씨는 두어 자 글로써 차에게 고하노니, 인간에게 종요로운 것이 차로되 세상 사람이 귀히 아니 여기는 것은 도처에 흔한 바이로다. 차는 한낱 생명 없는 물건이나, 이렇듯이 슬퍼함은 나의 정회가 남과 다름이라. 오호통재라, 아깝고 불쌍하다. 너를 얻어 발을 대신한 지 우금 일십팔 년. 어이 인정이 그렇지 아니하리오. 슬프다. 눈물을 잠깐 거두고 심신을 겨우 진정하여 너의 행장과 나의 회포를 총

총히 적어 영결하노라.

오래전 우리 처남께옵서 차 한 대를 내게 소개하거늘, 너는 하늘이 열리는 선루프로 내게 인내천을 가르쳤고 종종 속도위반 딱지로 호시우행의 의미를 설명하였다. 나 오직 너 하나를 선생으로 영구히 보전하려 했으니 비록 무심한 물건이나 어찌 사랑스럽고 미혹치 아니하리오. 아깝고 불쌍하며 또한 섭섭하도다.

나의 신세 박명하여 슬하에 자전거도 오토바이도 없고, 가산 빈궁하여 새 차를 탐하지도 못하고 오직 너에게 마음 붙여 너로 하여 시름 잊고 생애에 도움이 적지 아니하더니, 오늘날 너를 영결하니 오호통재라, 이는 귀신이 시기하고 하늘이 미워하심이로다.

아깝다 차여, 어여쁘다 쏘나타여. 너는 미묘한 품질과 특별한 성능을 가졌으니 물중의 명물이요, 철중의 쟁쟁이라. 민첩하고 날래기는 백대의 협객이요, 강하고 단단하기는 만고의 충절이라. 한양에서 대전으로 고속도로 달릴 제, 그 민첩한 차선 바꾸기는 귀신이 돕는 듯하니 어찌 인력이 미칠 바리오.

오호통재라. 자식이 귀하나 손에서 놓을 때도 있고, 제자가 순하나 명을 거스를 때 있나니, 너의 미묘한 재질이 나의 운전에 수응함을 생각하면 자식에게 지나고 비복에게 지나는지라. 가라면 가고 서라면 서고 비보호 좌회전하라면 비보호 좌회전하는 너는 만고에 충직한 신하라. 야간엔 불을 켜고 우중엔 비를 치우고 겨울엔 열선으로 내 엉덩이에 불을 때는 조화가 무궁하다.

금년 동지 초십일 술시, 희미한 가로등 아래 주유소로 들어가다 무심중간에 자끈동 바퀴가 찢어지니 깜짝 놀라라. 아야 아야 차여, 주저앉았구나. 정신이 아득하고 혼백이 산란하여 마음을 빻아내는 듯 두골을 깨쳐내는 듯 기색혼절하였다가 겨우 정신을 차려 쓸어보고 만져보고 쿵쿵 발로 차본들 속절없고 하릴없다. 좋은 주인 만났지만 장생불사 못 하였네. 동네 장인에게 가져간들 어찌 능히 고칠쏜가. 하릴없이 견적만 높네. 폐차를 권하네. 한 팔을 베어낸 듯 한 다리를 베어낸 듯 아깝다 차여. 차 키를 만져보지만 이제 꽂을 곳 없네. 오호통재라, 내 삼가지 못한 탓이로다.

무죄한 너를 마치니 백인이 유아이사라. 누를 한탄하며 누를 원망하리오. 능란한 성품과 정교한 재질을 나의 힘으로 어찌 바라리오. 절묘한 의형은 눈 속에 삼삼하고 특별한 품재는 심회가 삭막하다. 네 비록 바퀴 달

린 물건이나 무심치 아니하면 후세에 다시 만나 평생
동거지정을 다시 이어 백년고락과 일시생사를 한가지
로 하기를 바라노라.

머리를 가지고 노는 법

철수는 카피라이터 지망생이다. 광고대행사에서 카피라이터를 뽑는다는 공고를 봤다. 서류는 통과했고 오늘이 시험이다. 시험장에 앉았고 문제를 받아들었다. 이제 풀어야 한다. 오랜 시간 꿈꿔왔던 명함을 가지려면 빈틈없는 답을 써내야 한다. 영어 공부도 열심히 했고 상식도 쌓을 만큼 쌓았다. 덤벼라, 문제!

기대는 첫 문제부터 어그러졌다. 지식의 두께를 묻는 문제는 없었다. 처음부터 끝까지 상상력의 폭을 재는 문제다. 공부 괜히 했다. 눈물이 나올 것 같아 천장만 멀뚱히 바라본다. 그동안 철수는 상상력을 억누르는 공부, 생각의 균질을 초래

하는 공부, 새로운 답의 싹을 잘라버리는 공부를 공부로 알고 해왔다. 그걸로 칭찬도 받고 대학도 갔다. 지금 생각하니 그건 그저 암기였다. 지혜로 가는 길이 막힌 지식이었다. 철수는 긴 한숨을 내쉬며 주위를 둘러봤다. 경쟁자들은 열심히 연필을 놀린다.

이런 막막한 상황에 놓이지 않으려면 어떻게 해야 할까. 머리가 말랑말랑해지는 문제와 친해져야 한다. 이건 카피라이터에게만 요구되는 일이 아니다. 호떡집을 차린다 해도, 박물관에 취직한다 해도, 직업군인이 된다 해도 정답 없는 문제와 자꾸 씨름해야 한다. 왜? 인생에도 정답은 없으니까.

자, 철수가 포기한 문제, 철수 아닌 그대가 풀어보시라. 제한 시간은 없다. 오늘 하나 풀고 한 달 후 또 하나 풀어도 좋다. 문제 열두 개를 다 푼다면 꽉 막힌 그대 인생도 풀릴지 모른다.

1 시각장애인에게 피겨 선수 김연아를 말로 설명하라.

2 자살한 박쥐는 없다. 왜 없을까?

3 바다가 얼어붙는다면 배는 어디에 쓸까?

4 탁구와 농구의 차이는 무엇일까? (공의 크기라는 답을 내놓는다면 다른 문제까지 모두 0점 처리된다.)

5 다음 단어를 모두 사용하여 글을 써내라. 새우깡. 양말. 구름. 잠수함.

6 선생님 별명에 유독 동물이 많은 건 왜일까?

7 병따개를 다른 용도로 쓴다면?

8 검은색 하면 생각나는 것 10개를 써라. (이건 실제로 내 입사시험에 출제된 문제다.)

9 비보호 우회전은 왜 없을까?

10 울지 않는 새가 있다면 이름을 뭐라고 짓겠는가?

11 보조개와 조개와 개의 공통점은?

12 당신이 출제자라면 마지막 문제로 어떤 걸 내놓겠는가? 답이 아니라 문제를 추리하라.

일곱 개의 느끼다

1

회의가 끝났다. 부재중 전화 다섯 통. 여전히 나를 찾는 사람이 적지 않다. 나는 나를 기억하고 내 번호를 눌러준 그들에게서 무엇을 느꼈을까. 고마움을 느꼈을까. 아직은 내가 쓸모 있는 인간이라는 안도감을 느꼈을까. 회의는 짧아야 한다는 것을 느꼈다.

2

안 읽히는 책을 잡았다. 읽는다. 안 읽힌다. 달팽이 마라톤이다. 그럴 거라 생각하고 시작했지만 남은 두께를 확인할 때마다 한숨이 나온다. 한 장 한 장 어렵게 책을 넘기며 나는 무엇을 느꼈을까. 책은 인내로 읽어야 한다는 것을 느꼈을까. 이런 책이 완독의 기쁨은 더 크다는 것을 느꼈을까. 글은 왜 쓰는가. 읽히려고. 이 짧은 문답을 잊어서는 안 된다는 것을 느꼈다. 나는 작가의 글 호흡을 꾸짖고 다른 책으로 도망 갔다.

3

오랜만에 페이스북 프로필 사진을 바꾸었다. 웃는 표정에서 진지한 표정으로. 아내가 봤다. 바꾼 사진은 별로라고 했다. 원래 사진이 훨씬 낫다고 했다. 아내의 가혹한 평가에서 나는 무엇을 느꼈을까. 이미지 바꾸는 게 쉬운 일이 아니라는 것을 느꼈을까. 못생긴 사람은 결국 웃는 표정으로 승부해야 한다는 것을 느꼈을까. 아내가 나를 감시하고 있음을 느꼈다.

4

내 강의를 듣는 학생들에게 졸리면 자라고 했다. 졸고 싶어 조는 사람은 없으니까. 무거운 눈꺼풀 밀어 올리는 건 역도 선수 마지막 팔 뻗는 것보다 힘든 일이니까. 그랬더니 정말 잔다. 대놓고 잔다. 나는 이 떳떳한 취침에서 무엇을 느꼈을까. 내 강의가 하품을 부르는 강의라는 것을 느꼈을까. 이 땅에서 학생으로 산다는 것이 더없이 피곤한 일이라는 것을 느꼈을까. 강의실 안의 불평등을 느꼈다. 학생만 졸린 건 아닌데.

5

염라대왕이 형님일까 옥황상제가 형님일까. 이런 엉뚱한 질문을 받은 나는 무엇을 느꼈을까. 나이는 중요한 게 아니라고 지적하고 싶은 충동을 느꼈을까. 이런 멍청한 질문을 처음 한 자가 누구인지 추적하고 싶은 충동을 느꼈을까. 고정관념의 견고함을 느꼈다. 그들이 여성일 거라는 생각은 왜 안 할까.

6

무슨 꽃을 좋아하세요? 이 울긋불긋한 질문에서 나는 무엇을 느꼈을까. 좋아하는 꽃이 딱히 없는 내 메마른 감성에 연민을 느꼈을까. 제발 사지선다형으로 물어줬으면 하는 아쉬움을 느꼈을까. 이 질문보다 먼저 해야 할 질문이 있음을 강하게 느꼈다. 꽃을 좋아하세요?

7

여섯 개의 '느끼다'를 만났다. 일곱 번째 '느끼다'는 여섯 개의 글을 쓰면서 무엇을 느꼈는지가 되어야겠지. 이 글의 결론 같은 것이어야겠지. 과연 나는 무엇을 느꼈을까. 남들 다 느끼는 것을 나도 느끼는 건 남의 느낌에 동의하는 꼴에 불과하다는 것을 느꼈다. 나는 나를 느껴야 한다.

패배의 법정 관람기

해가 진다. 노을이 진다. 별이 진다. 꽃이 진다. 잎이 진다. 이슬이 진다. 낙엽이 진다. 그늘이 진다. 너는 짐을 진다. 나는 빚을 진다. 왜 다들 지는 걸까. 지는 이유는 무엇일까. 모든 패배엔 저마다 분명한 이유가 있는 걸까. 모르겠다. 법정으로 가봐야겠다.

피고는 앞으로 나오세요. 묻습니다. 왜 졌습니까. 최선을 다했는데 졌습니다. 최선을 다하면 질 리가 없지요. 왜 졌습니까. 그렇겠네요. 한다고 했는데 최선을 다하지는 못한 것 같습니다. 최선을 다하지 않는다고 다 지는 것도 아니지 않습니까. 다시 묻습니다. 왜 졌습니까.

아마 시간이 내 편이 아니었던 것 같습니다. 아마라니요. 법정에선 아마라는 말을 쓰면 안 됩니다. 아, 그런가요. 아마를 분명으로 바꾸겠습니다. 분명 시간이 문제였습니다. 시간은 누구 편이었나요. 내 경쟁자 편이었습니다. 어찌 그리 확신하십니까. 내 편이 아니었으니까요. 추측이군요. 추측입니다. 안 들은 걸로 하겠습니다. 피고에게 하루는 몇 시간입니까. 스물네 시간입니다. 경쟁자 또한 스물네 시간을 들고 싸우지 않았습니까. 그랬겠지요. 다시 묻습니다. 왜 졌습니까.

음, 컨디션이 좋지 않았습니다. 컨디션은 누가 관리합니까. 내가 합니다. 관리를 어떻게 하셨습니까. 그냥 평소처럼 했습니다. 땀 흘리고 식사 조절하고 맑은 공기 쐬고. 술 담배는 안 합니다. 그 정도 컨디션이면 늘 집니까. 뭐 지기도 하고 이기기도 하고. 다시 묻습니다. 왜 졌습니까.

어쩌면이라는 말도 쓰면 안 됩니까. 안 됩니다. 운이 없었습니다. 승리의 여신 같은 걸 말하는 겁니까. 그렇습니다. 승리의 여신이 나를 외면했습니다. 내게도 몇 차례 기회는 있었는데 그때마다 그녀는 등을 돌렸습니다.

여신 인상착의를 말해보세요. 모릅니다. 등 돌린 모습을 봤다고 하지 않았습니까. 본 건 없습니다. 어디 사는지도 모릅니까. 모릅니다. 알아낼 방법은 있습니까. 없을 겁니다. 증인으로 세우기는 어렵겠네요. 남자신을 찾아보지는 않았습니까. 그런 신도 있습니까. 질문은 내가 합니다. 알겠습니다. 경쟁자는 승리의 여신이랑 친합니까. 그렇지는 않겠지요. 다시 묻습니다. 왜 졌습니까.

하… 싸웠으니까 졌지요. 싸우지 않았다면 지지 않았을 겁니다. 지금 나랑 싸우자는 겁니까. 아뇨, 도대체 진 이유를 모르겠는데 자꾸 물으시니. 나는 묻는 사람입니다. 물어야 하는 사람입니다. 그래서 묻는 겁니다. 그럼 나는 대답하는 사람입니까. 아니지요. 당신은 진 사람이지요. 왜 졌습니까.

세상 절반이 패배하는데 이들 모두를 법정에 세운다면, 왜 졌는지 따져 묻는다면 판사가 만족할 만한 대답을 내놓을 사람이 있을까. 왜 졌는지 묻는 것이 상처를 파 헤집는 짓이라는 걸 정말 모르는 걸까.

한동안 고개를 숙이고 있던 피고가 천천히 고개를 들자

판사가 다시 달려들었다.

마지막으로 묻습니다. 왜 졌습니까. 피고가 대답했다.
졌습니다. 당신에게.

독서란 무엇일까

나는 책을 읽고 책은 나를 읽고. 책과 내가 마주 보고 서로를 읽는 것이 독서다. 나도 그렇지만 책도 맨날 똑같은 나를 읽으면 재미없겠지. 싫증나겠지. 책에게 늘 새로운 나를 보여주는 방법은 없을까. 있다. 독서다.

  나는 한 책에서 독서를 이렇게 풀었다. 이렇게 풀고 스스로 만족해했다. 이 짧은 글엔 새로운 시각이 있다. 가볍지 않은 통찰도 있다. 반전도 있다. 이런 글을 쓰고 나면 하루 종일 기분이 올라간다. 내가 이 글을 어떤 연필로 썼지? STAEDTLER 옐로펜슬 134 - HB. 좋아. 좋아. 이 연필 더 사랑해주겠어.

책을 읽는 동안 책과 나 사이엔 아무것도 없다. 있다면 안경 하나. 아니면 책과 나 사이를 가볍게 통과하는 바람 한 줌. 책과 나는 어떤 장애물도 없이 서로를 응시한다. 내가 일방적으로 책을 응시하는 게 아니라 책도 나를 응시한다. 책에게 어제의 나를 다시 보여준다면 하품하겠지. '또 그 녀석이군.'

사람들은 말한다. 책 속엔 지식과 지혜와 통찰이 가득하다고. 그러니 새로운 나를 보여주고 싶다면 책을 펴라고. 맞는 말이다. 그러나 책이 건네는 지식과 지혜와 통찰을 꿀꺽 받아먹기만 하고 책을 덮는다면 원통하게도 새로운 나는 없다. 왜 없을까. 자, 책 읽는 장면을 상상해보자.

책을 편다. 작가의 생각을 읽는다. 54쪽. 괜찮은 생각이 보인다. 문장 아래에 밑줄을 긋는다. 밑줄을 긋는 순간 책에 누워 있던 문장이 날개 달고 새처럼 날아오른다. 30센티미터쯤 날아오르면 거기에 내 머리가 있다. 작가의 문장은 날개를 뻗어 내 머리 표면에 똑똑 노크를 한다. 매력적인 문장일수록 노크 소리는 힘차다.

노크가 내 머릿속에서 쿨쿨 잠자던 생각을 깨운다. 누가 찾아왔지? 내 생각은 눈 비비고 일어나 바깥을 살핀다. 처음 보는 녀석이다. 헝클어진 머리로는 손님을 맞을 수 없다. 거울 보며 빗질도 하고 옷도 갈아입는다. 이때다. 바로 이때부터 형체를 알 수 없었던 내 생각이 조금씩 모습을 갖추기 시작한다.

문을 연다. 작가의 생각과 내 생각이 만난다. 둘은 악수를 하고 이런저런 이야기를 나눈다. 의외다. 제법 대화가 된다. 이제 보니 내 생각도 작가 생각 못지않은 향기를 지니고 있다. 이제는 보인다. 형체를 갖춘 내 생각이 비로소 눈에 보인다. 그래, 내 안에도 괜찮은 생각이 살고 있다. 나도 몰랐던 내 생각, 그것을 작가 도움으로 찾아내는 것이 독서다.

이 작은 책 한 권에도 한 작가의 생각이 양껏 담겨 있다. 하지만 작가가 찾은 작가의 길을 엉금엉금 뒤따라갈 이유는 없다. 책을 다 읽은 그대가 친한 척 나에게 문자를 보낸다면 어떤 문장을 보내게 될까. 둘 중 하나일 텐데.

네 책을 읽으며 네 생각을 배웠어.
네 책을 읽으며 내 생각을 찾았어.

가르치지 않고 가르치는

설 잘 쇠세요.

다섯 글자. 충분했다. 사람들은 마흔 글자, 쉰 글자를 동원
해 내가 귀하의 설을 얼마나 축복하고 싶어 하는지 모르실
겁니다, 라고 말한다. 그런데 그의 문자는 딱 한 문장이다.
이 짧은 글이 오히려 긴 여운을 준다. 그가 격식을 벗고 나에
게 왔다는 느낌. 오히려 깊음. 오히려 진심. 이 다섯 글자에
더 보태는 말은 없어도 좋은 말일 것이다.

나는 가르친다. 글은 짧을수록 좋다고 가르친다. 짧을수록
맛도 좋고 힘도 좋다고 가르친다. 이렇게 쓰고 저렇게 쓰라

짧은 글이 오히려
긴 여운을 준다.

고 가르친다. 가르치기 위해 가르친다. 그러나 세상엔 가르치지 않고 가르치는 사람도 있다. 배움을 강요하지 않는 그의 가르침은 내 안 깊숙이 들어와 자리를 잡았다. 나는 그의 문자를 그대로 복사해 내 지인에게 보냈다. 그는 가르치지 않았지만 나는 배웠다.

고수에게 배울 것

모두가 묻는다.

항정살은 어느 부위인가요? 갈매기살은 어느 부위인가

요? 가브리살은 어느 부위인가요? 토시살은 어느 부위

인가요?

아무도 묻지 않는다.

족발은 어느 부위인가요?

고수는 늘 쉽게 말한다. 쉽게 쓴다. 쉽게 산다.

생각도 시간을 먹고 어른이 된다

제발 생각 좀 하고 말하세요.

누구나 한 번쯤 들어봤을 말이다. 말을 쉽게 꺼내는 입에게 던지는 경고다. 그러나 나는 이 말에 동의하지 않는다. 문장 한가운데 놓인 '좀'이라는 말이 신경을 건드리기 때문이다. 내가 예민한 걸까. 그럴지도 모르지. 하지만 나는 내 생각을 양보할 마음이 없다. '좀'이라는 이 좀스러운 말이 마땅히 자리를 양보해야 한다고 믿는다. 많이, 오래, 길게 같은 말에게.

생각은 형체가 뚜렷하지 않다. 머릿속을 유영할 때까지는 물컹물컹 말미잘 모습을 하고 있을 것이다. 꽉 붙잡아도 쏙 미끄러지며 빠져나간다. 때론 있는 건지 없는 건지, 보였다 사라졌다 도무지 종잡을 수 없다. 확인하기도 어렵고 붙잡기도 어렵고 꺼내기도 어려운 녀석이 덜 자란 생각이다. 어렵사리 꺼낸다 해도 주위 반응은 신통치 않다. 세수도 안 하고 입은 옷도 추레한 볼품없는 말미잘을 보고 박수 치고 휘파람 불 사람은 없다.

녀석을 어떻게 다뤄야 할까. 다루려 하지 않아야 한다. 붙잡으려 하지 않아야 한다. 꺼내려 하지 않아야 한다. 나는 강태공이야. 덜 자란 어린 생각이 낚싯바늘을 물더라도 나는 놈을 잡아채지 않을 거야. 이런 게으른 태도로 기다리고 또 기다려야 한다. 녀석의 윤곽이 뚜렷해질 때까지. 많이. 오래. 길게.

어린 생각은 가능성이다. 기다림을 먹고 크는 가능성이다. 잘 기다려 잘 크면 김수영의 문장이 될 수도 있고, 정태춘의 노랫말이 될 수도 있고, 노무현의 연설이 될 수도 있다. 흔한 표현이지만 무한한 가능성.

문제는 늘 조급이다. 생각이 조급을 만나는 순간 가능성은 부서지고 그 파편은 설익은 형태로 바깥으로 튀어나온다. 입을 통해 나오는 그것을 말이라 하고 손끝을 통해 나오는 그것을 글이라 한다. 조급에게 등 떠밀려 바깥세상으로 나오는 그것들은 누군가에게 상처를 주는 말이 되고, 누구에게도 감흥을 주지 못하는 글이 된다. 지금 그대의 귀가 멍하다면, 그대의 눈이 뻑뻑하다면 어제오늘 설익은 말과 글에게 몇 대 얻어맞은 후유증일 것이다.

조급한 말.
조급한 글.

둘 다 안타까운 일이지만 글은 그나마 기회가 있다. 생각을 종이 위로 옮기는 동안 수십 번 정제가 허용된다. 지우개 도움을 잘 받으면 평퍼짐한 생각이 제법 뾰족한 생각으로 바뀌기도 한다.

그러나 말엔 지우개가 없다. 입을 출발하는 순간 귀에 도착한다. 한 수만 물러달라고 통사정을 해도 소용없다. 우리 몸에서 가장 차가운 곳이 어디인가. 귀다. 귀는 냉정하다. 안 들은 걸로 해드릴게요. 입이 이런 말을 내보내려 해도 귀가 허락하지 않는다. 말에 유턴은 없다.

생각도 시간을 먹고
어른이 된다.

좋은 말도 시간이 하고
좋은 글도 시간이 쓴다.

잘 익은 무엇을 만나는 유일한 방법은 기다림이다. 생각도 시간을 먹고 어른이 된다. 좋은 말도 시간이 하고 좋은 글도 시간이 쓴다.

내 안에 있었는데 죽어버린 것

왜 영화를 보니?

왜 소설을 읽니?

왜 공연을 찾니?

베끼려고.

그래, 나는 베끼려고 영화를 본다. 베끼려고 책을 읽는다. 베끼려고 게으른 몸 움직여 공연을 찾는다. 게으른 몸이 죽어도 움직이기 싫다 하면 리모컨 들고 넷플릭스로 간다. 요즘 문화 생산자는 어떤 고민을 하는지, 고민의 결과를 어떤 그릇에 담아 내놓는지, 또 문화 소비자는 어떤 이야기를 어떤 형태로 듣고 싶어 하는지를 훔쳐보고 싶은 욕심도 물론 있다. 그러나 욕심 위에 있는 내 본심은 그것들에서 베낄 무엇을 찾는 것.

베낄 무엇을 찾다 보면 기대하지 않은 덤을 얻기도 한다. 무대에서 객석으로 흘러내리는 비명이나 고함 같은 것이 내 안에서 잠자던 멍한 생각을 깨워주기도 한다. 형체 없이 헝클어진 상상력을 벌떡 세워 일으켜주기도 한다. 나는 그것들을 꼬집고 비틀고 뒤집어 책 제목도 쓰고 카피 헤드라인도 쓴다. 그러나 세상은 이런 내 행위를 베낀다고 말하지 않는다. 영감을 받는다, 인사이트를 얻는다, 이런 아름다운 말로 포장해준다.

베끼는 행위엔 표절이라는 진지한 말이 따로 마련되어 있다. 남의 생각이나 시도를 그대로 들고 와 내 이름을 단 무엇에 슬쩍 끼워 넣는 행위. 이런 비겁한 베낌엔 법적으로든 사회적으로든 엄한 질책이 따른다. 이름 앞에 붙은 작가라는 말을 아주 내려놓아야 할 수도 있다.

그럼에도 불구하고 나는 베낀다. 남의 눈 의식하지 않고 씩씩하게 베낀다. 내가 남보다 낯짝이 두껍다거나, 베끼면서 베끼지 않은 것처럼 보이게 하는 특별한 기술 같은 것을 갖고 있어서 그러는 건 아니다. 나는 베껴도 좋은 것을 베낀다. 그건 디테일에 목숨 건 어느 영화감독의 치열함이다. 무대에 인생을 다 쏟아붓는 어느 늙은 배우의 뜨거움이다. 내 안에 없거나 있었는데 죽어버린 그것들을 베끼려고 나는 보고 읽고 또 찾는다.

베끼기 위해 나는 나를 본다. 혼자 놓인 나를 보는 게 아니라 누군가의 치열함 곁에 놓인 나를 본다. 식은 머리. 욕심 잃은 눈. 관성에 기댄 어깨. 초라하다. 숨고 싶다. 하지만 숨을 수 없다. 어느 감독이 내게 쏘는 화살 같은 질문에, 질문 같은 화살에 대답을 해야 하기 때문이다. 너 지금 잘 살고 있니? 뜨겁게 치열하게 살고 있니? 아니. 전혀.

내 자리로 돌아온 나는 다른 사람이 되어 있다. 어제 합격 판정을 내린 문장들을 다시 꺼낸다. 죄다 허약해 보인다. 박박 지운다. 연필을 새로 깎는다. 연필 끝에 내 전부를 쏟아넣으려고 안달한다. 안달한다. 안달한다. 허약한 문장이 실한 문장으로 바뀐다. 느슨한 문장이 팽팽한 문장으로 바뀐다. 생기를 되찾은 말들이 종이 위에서 꿈틀거린다. 종이도 덩달아 꿈틀꿈틀. 녀석들은 나를 보고 씩 웃는다. 자식, 아직 안 죽었는걸. 이런 표정이다. 됐다. 그 웃음으로 됐다. 내 세포가 완전히 식어 재가 되지 않았음을 확인했으니 그걸로 됐다.

물론 베끼기 효능이 그리 오래 지속되지는 않는다. 며칠 지나면 어제의 나로 회귀한다. 예상했던 일이다. 실망하지 않는다. 그쯤 치열했으면 됐어. 오히려 이런 말로 내 어깨를 툭 쳐준다. 치열함이 식어 절반쯤 공기 빠진 상태, 그 상태로 한동안 산다. 그러다 뜨거운 공기가 완전히 소진되었다고 느낄 때, 그때 또다시 누군가의 치열함을 베끼러 간다.

인생은 느슨하게.
하루는 치열하게.

내가 사는 방법이다. 인생 모든 날에 치열함을 욱여넣으려 하면 금세 죽는다는 것이 어설픈 내 인생철학이다. 느슨함이라는 큰 그릇 안에 치열함이 뜨문뜨문이라도 보인다면 괜찮은 인생 아닐까. 느슨함과 치열함이 인생에 어떤 리듬을 지닌 곡선을 그려준다면 꽤 괜찮은 그래프 아닐까.

나의 연봉 협상

프리랜서인 나도 연봉 협상을 한다. 받는 협상이 아니라 주는 협상. 상대는 아내다. 내가 집에 가져가는 월급의 크기를 정하는 협상이다.

작가도 강사도 카피라이터도 수입이 일정할 수 없다. 인세, 강연료, 카피료가 한꺼번에 몰려올 때도 있지만 어떤 달은 쫄쫄 굶는다. 그렇다고 아내 손을 잡고 이렇게 말할 수는 없다. 이번 달엔 집에 가져갈 게 없네요. 우리 같이 손가락 빨아요.

들쭉날쭉 수입이라고 들쭉날쭉 월급을 건넨다면 가정경

제는 늘 불안한 소비를 해야 한다. 예측 가능한 경제생활을 이어가기 어렵다. 그래서 아내와 나는 협상으로 한 해 월급의 크기를 정한다.

협상 테이블에 두 사람이 마주 앉는다. 이제 내 생활 패턴을 어느 정도 이해한 그대는 짐작할 것이다. 테이블 위에 숫자 빼곡한 서류뭉치 대신 술 한 병이 깔끔하게 놓여 있으리라는 것을. 그래, 우리는 술잔을 부딪치며 협상을 한다. 첫잔은 탐색전이다. 아내는 물가 이야기를 꺼내고 나는 경제 이야기로 받는다. 서로에게 빈틈이 없음을 확인한다. 협상다운 협상은 딱 여기까지다. 둘째 잔부터는 이야기가 어디로 도망갈지 나도 모르고 그녀도 모른다. 어느새 논리는 사라지고 연봉 협상과는 거리가 먼 비논리가 테이블 위를 뛰어다닌다.

지난 1년 빠듯한 월급으로 살림하느라 고생했어.
무슨, 자기가 매일 새벽같이 나가 일하느라 고생했지.

두 사람은 자신의 위치를 망각한 듯 상대편 입장에서 말을 꺼내고 마음을 꺼낸다. 축구로 말한다면 자신의 골문을 향해 공을 치고 달리는 꼴이다. 뭔가 이상하긴 한데 많이 어색하진 않다. 이미 빈 술병이 하나, 둘, 셋으로 늘어났으니까.

　세상에서 가장 어물쩍한 연봉 협상. 합의문에 도장 찍는
의례도, 악수하며 사진 찍는 의식도 없이 협상은 마무리된
다. 월급의 크기도 어물쩍 정해진다. 어물쩍 정해지지만 실
은 어물쩍이 아니다. 나는 교활하게도 내가 감당할 수 있는
월급의 크기를 미리 계산해둔다. 적당한 기회를 잡아 그것을
아내의 술잔에 따른다. 아내는 내용물을 꽉 채우지 못한 그
허전한 술잔을 두말없이 받아 마신다. 빈 술잔을 머리 위에
서 흔들어 보이며 활짝 웃어준다.
　아내가 어물쩍 넘어가준 월급의 크기. 나는 그 크기를 지
켜야 한다. 수입이 없는 달에도 지켜야 한다. 내 계산이 보수
적일 수밖에 없는 이유다. 나는 나를 최대한 객관적으로, 아
니 최대한 비관적으로 계산하여 연봉을 제시한다. 그러니 인
상률은 늘 미미하다. 동결일 때가 더 많다. 그럼에도 불구하
고 아내는 협상 결렬을 선언한 적 없다. 머리띠 두르고 파업
에 돌입한 적 없다. 협상이 만족스러워서가 아니라는 걸 나
는 안다.
　그녀는 믿는다. 내가 제시하는 연봉이 나의 최선이라는 것
을. 그녀가 나를 믿는다는 걸 이용해 내가 잔꾀 부리지 않으

리라는 것을. 나는 그녀가 내 제시액을 기꺼이 받아 마실 거라는 걸 알기에 내가 감당할 수 있는 최선을 연봉에 담으려고 애쓴다. 믿음은 전염된다.

나이가 더 들면 내 글도 움츠러들고 내 수입도 쪼그라들겠지. 임금피크제 같은 잔인한 놈이 테이블 위에 올라올 수도 있겠지. 인상이나 동결이 아니라 30퍼센트 인하로 협상이 타결되는 날도 오겠지. 협상을 마치고 살짝 의기소침해진 나에게 아내는 이렇게 말하겠지.

자기 좀 멋지다. 이젠 월급 가져오는 게 쉽지 않을 텐데.

과한 기대라고? 심각한 착각이라고? 그럴지도 모른다. 하지만 나는 아내가 이렇게 말할 거라 믿는다. 내 아내도 내 독자이니까. 그녀도 이 글을 읽을 테니까.

3

사람은 사람에 젖는다

도둑의 의무

새 책 출간을 앞두고 있었다. 책 홍보를 위해 사진 몇 장 찍자 해서 출판사로 갔다. 익숙한 책 냄새가 나를 맞았다. 회의실에 앉아 편집장과 책 이야기를 했다. 그녀는 나에게 기대가 크다고 했고, 나는 그녀에게 기대가 크다고 했다. 세상 모든 책은 기대가 큰 법이다. 서점에 깔리기 전까지는.

사진은 누가 찍는지 물었더니 장철영 작가라고 했다. 내가 잘 아는 후배다. 우리가 기억하는 노무현의 사진은 거의 그의 작품이다. 대화 소재가 빈곤해질 즈음 장 작가가 왔다. 그와 나는 반갑게 포옹을 했다. 여전히 내 두 배쯤 되는 그의 배가 포옹을 방해했다. 형님, 오늘 인생 사진 건지실 거예요. 그는 배를 살짝 넣으며 너스레를 떨었다.

나는 외투를 벗어 의자 등받이에 걸쳐놓고 회의실 밖으로 나갔다. 나갔다가 잊은 게 있어 회의실로 되돌아왔다. 바지 주머니에서 지갑, 담배, 라이터를 꺼내 벗어놓은 외투주머니에 쑤셔 넣었다. 사진에 도움이 안 될 것 같아 그렇게 했다.

준비는 끝났고 본격적으로 모델 일을 시작했다. 앉아서 찍고 서서 찍고 복도에서 찍고 1층 로비 소파에서도 찍었다. 웃는 표정에서 진지한 표정까지 완벽한 표정 연기가 어떤 건지 보여주고 회의실로 돌아왔다. 날은 저물었고 창밖엔 이제 내 시간이라고 외치는 네온이 까불댔다. 편집장이 한잔하자고 했다. 장 작가와 나는 두 잔도 좋다고 했다.

의자 등받이에 걸쳐놓은 외투를 입고 나와 엘리베이터 앞에 섰다. 외투 주머니에 손을 넣었다. 어라, 만져져야 할 것들이 만져지지 않았다. 어디 흘린 걸까. 엘리베이터가 띵 소리와 함께 열렸고 나는 두 사람에게 먼저 내려가라고 손짓한 후 물건을 찾으러 회의실로 다시 갔다. 없었다. 바닥에도 없었고 의자 위에도 없었다. 회의실을 샅샅이 뒤졌는데 연기처럼 사라져버렸다.

그사이 누가 들어와 훔쳐 갔을까. 도둑도 생각이라는 게 있다. 은행이나 보석상이라면 모를까 출판사 회의실에 뭐 먹을 게 있다고 목숨 걸고 들어온단 말인가. 그럴 리 없다. 그런데 그게 아니라면 이 막막한 실종은 설명이 되지 않았다. 장 작가가 빨리 내려오라고 재촉했다. 마음은 급하고 지갑은 보이지 않고 난감했다.

한 가지 이상한 건 담배와 라이터였다. 지갑 가져가는 건 노둑의 의무이니 그렇다 치더라도 반 갑 남은 담배와 일회용 라이터는 왜 가져갔을까. 그것들을 받아주는 장물아비가 있을까. 혹시 녀석은 내 금연을 돕기 위해 침투한 의로운 도적 아닐까. 어느 하나도 동의할 수 없었지만 더는 뭘 어찌할 도리가 없었다. 나와 담배 취향이 같은 동지를 만난 걸로 쳤다.

다 포기하고 엘리베이터 앞에 다시 섰다. 그때 문득 스치는 생각. 순간 내 표정은 셜록 홈스. '장 작가 외투도 검은색이었던 것 같아. 녀석도 등받이에 외투를 걸쳐놓지 않았을까.' 장 작가에게 전화를 했다. 외투 주머니를 뒤져보라고 했다. 내 지갑과 담배와 라이터는 낯선 남자의 주머니 속에 잘 살아 있었다. 그는 술 마시는 내내 내게 보관료 달라고 졸랐다.

정말 도둑 소행이었다면 어떻게 되었을까. 술자리가 깨졌을까. 술잔에 찔끔찔끔 눈물을 섞어 마셨을까. 사실 별일 아니다. 지갑 하나 다시 마련하면 되고 신용카드 분실 신고하면 되고 신분증 재발급 받으면 된다. 담배와 라이터도 편의점 한 번 들어갔다 나오면 해결된다. 찬찬히 생각해보면 정말 별일 아니다.

도둑도 가끔은 기특한 일을 한다. 내가 가진 것 몇 개 놓아버려도 인생 사는 데 별 지장 없음을 깨우쳐준다. 담을 넘는 수고까지 하며, 들키면 감옥 갈 각오까지 하며 깨우쳐준다. 귀한 가르침이다. 내가 가진 것 중에 편집장보다 장 작가보다 소중한 건 없다. 사람보다 값진 건 없다.

편안한 불편함

가장 좋았던 드라마는 무엇이었나요? 누가 물으면 나는 망설임 없이 대답한다. 〈나의 아저씨〉. 시간이 꽤 흘렀지만 이 드라마를 밀어내고 그 자리를 차지한 드라마는 아직 없다. 흔히 말하는 인생 드라마, 뭐 그런 것이다.

후배 추천으로 보기 시작했는데 첫 회부터 깊이 빠졌다. 빠졌다는 건 푹 젖었다는 뜻이다. 늪에 빠지듯 안개에 빠지듯 그렇게 푹 젖었다. 나는 젖은 나를 햇볕에 말리지 않았다. 젖은 느낌이 좋았고 젖은 시간이 좋았다. 푹 젖어 열여섯 편을 정주행한 후 내 입에서 나온 한마디는, 좋다.

무엇이 좋았을까. 아이유 연기가 좋았을까. 물론 아주 좋왔다. 등장인물 설정도 빤하지 않아 좋았다. 입이 아니라 가슴에서 끄집어낸 대사도 좋았다. 컬러인데 흑백처럼 느껴지는 묵직한 톤도 좋았다. 푹 젖은 음악도 좋았다. 그러나 이 드라마의 진짜 좋음은,

불편함.

나는 이 드라마에서 불편함을 만났다. 피하고 싶어서, 인정하기 싫어서 고개 돌렸던 불편함을 정면으로 만났다. 불편함의 정체는, 손질하지 않은 현실이었다. 행여 맞부딪칠까 두려워 요리조리 피해 다니던 빚쟁이를 열세 번째 골목 입구에서 딱 맞닥뜨린 그런 기분이었다. 숨을 곳도 없고 되돌아갈 수도 없고. 드라마는 날것 그대로의 현실에 고집스럽게 카메라 렌즈를 갖다 댔다. 시청자의 눈과 귀를 불편하게 만들겠다는 게 드라마의 노림이었다면 대성공이다.

불편함은 그리 아름다운 말이 아니다. 그런데 왜 내 눈엔 매력으로 다가왔을까. 그건 편안한 불편함이었기 때문이다. 불편하지만 지켜보고 싶은 따뜻한 불편함. 불편하지만 응원하고 싶은 솔직한 불편함. 이 드라마엔 그것이 있었다.

모든 드라마는 사건이 끌고 간다. 이 드라마에도 요란하지

않은 사건이 보인다. 하지만 그것이 전부였다면 또 하나의 고만고만한 드라마였을 것이다. 〈나의 아저씨〉엔 사람이 있다. 사람이 보인다. 물론 사람 없는 드라마는 없겠지만 이 드라마는 사건을 위해 사람을 곳곳에 놓아둔 것이 아니다. 사람은 사건을 꿀꺽 삼켜 소화한다. 사건은 사람 속에 스르르 녹아든다. 그래서 사건이 아니라 사람이 보인다. 아니, 사건과 사람이 하나로 보인다. 빚쟁이를 맞닥뜨린 것 같은 불편함이 편안하고 따뜻하게 느껴지는 건 사람의 깊은 곳을 들여다보는 데 필름 대부분을 썼기 때문일 것이다.

결국 사람이다. 사람은 사람에 빠진다. 사람은 사람에 젖는다. 내 삶이 사건 따라다니느라 사람을 놓치고 있는 건 아닌지 돌아봐야겠다. 인생 모든 불편함에 어떻게든 사람을 욱여넣으면 조금은 편안한 불편함이 되지 않을까 하는 생각, 들었다.

외로움을 주고 괴로움을 받는

우리는 안다. 술잔에 늘 알코올 3, 외로움 7을 섞어 마시는 우리는 안다. 외로움을 술로 달래면 다음 날 괴로움이 찾아온다는 것을. 그걸 알면서도 우린 어둠이 깔리면 술을 찾는다. 내가 나를 꼬드겨 술집으로 데려간다.

알면서 왜 그럴까. 알면서 왜 괴로움이 예정된 곳으로 나를 데려갈까. 하나를 더 알기 때문이다. 외로움 견디는 것보다 괴로움 견디는 것이 훨씬 수월하다는 것을. 외로움을 주고 괴로움을 받는 정직한 거래가 술이라는 것을.

술맛의 10%는 술을 빚은 사람입니다.

나머지 90%는 마주 앉은 사람입니다.

예전에 이런 글을 썼다. 많은 술꾼들이 동의해줬다. 읽는 순간 휴대폰을 뒤졌다고 고백해줬다. 그래, 우리는 술에 취하는 게 아니라 사람에 취한다. 16.5도짜리 알코올에 취하는 게 아니라 36.5도짜리 사람에 취한다.

중간쯤에서 만나자는 내 제안을 거절하고 강북 끝에서 강남 끝까지 단숨에 달려와 주는 그 사람의 성의에 취한다. 자리 잡고 앉자마자 오늘은 내가 쏜다고 선언해버리는 그 사람의 허세에 취한다. 내 입에서 쏟아지는 아무 말에 맞장구를 쳐주는 그 사람의 배려에 취한다. 내 앞에 앉은 그 사람은 내 외로움을 홀짝홀짝 다 받아 마시고도 외롭지 않은 척 허허 웃는다. 그 넓은 웃음에 취한다. 그 좋은 표정에 취한다. 사람에 취해 나는 그 밤 조금씩 외롭지 않은 사람이 된다.

가만, 사람에 취한다면 굳이 술이 필요할까. 공원 벤치 같은 곳에 나란히 앉아 한동안 서로를 노려보면 서로에게 취하지 않을까. 술값 안줏값 다 아낄 수 있지 않을까.

아니다. 술이 하는 일이 있다. 공원 벤치에선 꽃이 보인다. 바람이 보인다. 고개 들면 두 사람을 빤히 내려다보는 구름

16.5도 술이 아니라
36.5도 사랑에 취한다.

도 보인다. 그리고 들린다. 지나가는 강아지 꽁꽁거리는 소리가 들린다. 야쿠르트 아줌마의 느린 바퀴 소리가 들린다. 구름을 망가뜨리고 도망가는 비행기의 긴 꼬리음도 들린다. 보이는 것들이, 들리는 것들이 사람에 취하는 일을 방해한다.

술은 이들의 방해를 방해한다. 보이는 것을 보이지 않게 하고 들리는 것을 들리지 않게 한다. 술이 일을 시작하면 벽에 붙은 안줏값이 얼마인지 보이지 않는다. 회식 자리 평화를 파괴하는 느끼한 건배사도 들리지 않는다. 일종의 부드러운 마법이다. 보이지도 들리지도 않으니 사람에 온전히 취할 수 있다.

그렇다면 혼술은 어떻게 설명해야 할까. 내 앞에 사람이 없는데 사람에 취할 수 있을까. 있다. 사람이 있다. 그 순간 내 앞에는 나라는 사람이 있다. 평소 나는 내 이야기를 들으려 하지 않는다. 듣지 않아도 다 안다고 믿는다. 내 귀를 남의 이야기 듣는 용도로만 사용한다.

그러나 혼술 자리에서 나를 만나면 내 이야기를 듣는다. 내가 몰랐던 내 이야기, 다른 귀를 의식하지 않는 내 깊숙한 이야기를 듣는다. 내 고민에 공감하고 동의하는 시간을 누릴 수 있다. 두 팔을 사용하여 내가 나를 꼭 안아줄 수도 있다.

오늘 밤도 사람에 취하고 싶다. 너에게 취하든 나에게 취하든 푹 취하고 싶다. 술잔이 쨍 부딪치는 건배가 아니라, 가슴이 쿵 부딪치는 진한 건배를 하고 싶다. 내일 아침 외로움 대신 찾아올 괴로움에게 실컷 얻어맞고 싶다. 아마 거의 틀림없이 그렇게 될 것이다. 그대가 지금 이 책을 읽고 있다는 건 이미 내게 소주 한 잔 값이 흘러왔다는 뜻이니까.

나를 보내다

1년 가까이 한 신문에 칼럼을 썼다. 어느 날 신문사에서 전화가 왔다. 선생님 앞으로 소포가 왔어요. 보내드려야 하는데 주소 좀 알려주세요. 누굴까? 무엇일까? 왜 신문사로 보냈을까?

박스 하나가 내게 왔다. 무거웠다. 박스에 적힌 이름, 처음 듣는 이름이다. 나는 박스를 열고 안에 들어 있는 것을 확인했다. 금세 닫을 수 없었다. 한참을 멍하니 앉아 이 박스가 내게 오기까지 어떤 일이 있었는지 머릿속에 그림을 그려보았다. 한 장면 한 장면 또렷하게 그려졌다.

한 독자가 신문을 편다. 시끄러운 뉴스를 피해 가다가 한 칼럼에 눈이 머문다. 글쓴이는 정철이고 오늘은 술 이야기다. 아니, 사람 이야기일 수도 있다. 읽는다. 공감한다. 동의한다. 거기까지 가면 다들 다른 기사로 눈을 옮긴다. 그런데 이 사람의 눈은 그곳을 떠나지 못한다. 그가 그토록 하고 싶었던 이야기가 거기 적혀 있었기 때문이다.

그는 신문을 덮고 서재로 간다. 책상 앞에 앉아 편지지와 만년필을 꺼낸다. 첫 문장이 쉽지 않다. 편지라는 것을 쓴 게 언제였는지. 첫 문장을 어렵게 통과하자 둘째 문장부터는 물 흐르듯 흘러간다. 달필이다. 그는 그의 마음을 하나도 버리지 않고 편지 속에 꾹꾹 눌러 담는다.

편지지 석 장에 마음을 다 쏟은 후 주위를 둘러본다. 그가 담근 과실주 두 병이 보인다. 매실주와 모과주다. 박스에 넣는다. 발렌타인30년도 보인다. 안 보였으면 했는데 보이고 말았다. 잠시 망설이다 그것도 박스에 집어넣는다. 마음이 식기 전에 박스를 들고 우체국으로 간다. 그런데 어디로 보내야 하지? 누구는 있는데 어디는 없다. 신문사 주소를 찾는다.

이런 그림이었다. 그는 취했다. 술에 취한 게 아니라 글에 취했다. 취한 상태에서 그 귀한 술을 몽땅 내게 던진 것이다.

일종의 술주정이다. 박수 쳐주고 싶은 아름다운 술주정이다. 편지에서 그는 자신을 정년퇴직한 대학교수라고 소개했다. 신문 읽고 산책하고 가끔 술 한잔하는 게 그의 일이라고 밝혔다.

누군지 모르는 누군가에게 내 마음을 전하는 일. 쉽지 않은 일이다. 우정국이나 체신부가 있었던 시절에나 있었을 법한 일이다. 그런 일을 내가 당했다. 우리 곁에 아직 사람 냄새가 살고 있었다. 전라도 광주에 살고 있었다. 그 진한 사람 냄새가 타임머신을 타고 내게 날아온 것이다. 그런데 그가 박스에 넣어 보낸 건 정말 편지 몇 장이었을까. 술 몇 병이었을까. 그는 '나'를 보낸 것이다. 박스 안에는 그가 웅크린 자세로 들어 있었다.

글에도 취할 수 있다는 걸 오늘 알았습니다.
당신에게 취해 이런 행동을 합니다.
생각이 바뀌기 전에 우체국으로 가야겠습니다.
취기가 사라지면 분명 후회할 것입니다.

편지 마지막엔 이렇게 적혀 있었다. 꼭 이렇게 적혀 있진 않았지만 나는 이렇게 읽었다. 그에게 정중한 감사 문자를 보냈다. 답장은 오지 않았다. 왜 답이 없었을까. 내 문자에 대꾸할 기분이 아니었을 것이다. 그는 문자를 받고 한 번 더 가슴 치며 후회하고 있었을 것이다. 아끼던 술을 다 날려버린 자신의 술주정을 미워하고 있었을 것이다.

후회할 일을 저지를 수 있는 그의 무모함이 부러웠다. 후회할 일이 다가오면 슬금슬금 피해 도망가기 바쁜 내 영리함이 창피했다. 나는 나를 통째로 박스에 넣어 보낸 적이 있을까. 누구에게라도. 단 한 번이라도.

정답이 아니라 오답

이제껏 동사 하나에 글 하나를 줬다. 이 책의 일대일 원칙이다. 그런데 이번엔 동사 셋이 한꺼번에 등장했다. 무슨 속셈일까. 셋을 엮어 글 하나를 쓰려는 거다. 더 정확히 말하면 셋을 엮은 문제 하나를 내려는 거다.

걷다. 뛰다. 날다. 어딘가를 향해 움직이는 동작 세 가지다. '기다'도 있지 않나요? 안다. 안다. 그런데 그것까지 데려오면 문제가 더 복잡해진다. 그래도 좋은가. 꼬리 내리는 소리 들었다. 진도 나간다. 자, 앞서 제시한 동사 셋을 모두 사용하여 문장 하나를 만들어보시라. 내 입에서 보시라 소리가 떠나자마자 그대는 즉답을 내놓는다. 길게 생각할 것 없다는 표정으로.

걷는 자는 뛰는 자를 이길 수 없고
뛰는 자는 나는 자를 이길 수 없다.

정답일까. 정답이다. 그대의 순발력은 국내 최강이다. 지
구 최강이라고 말하려다 폭을 좁혔다. 그대가 이 문장을 영
어, 불어, 아랍어로 술술 읊어낸다면 지구 최강으로 급을 올
려줄 수도 있다. 어쨌든 그대는 누구보다 빠르게 정답을 꺼
냈다. 그런데 딱 거기까지다. 그저 빨랐을 뿐이다. 그대의 답
엔 여운도 없고 감흥도 없다. 승리와 패배만 있을 뿐.

정답은 누구나 찾을 수 있는 답이다. 누구나 찾을 수 있는
답은 누구나 꺼낼 수 있는 말이다. 누구나 꺼낼 수 있는 말은
하나 마나 한 말이다. 내가 듣고 싶은 건 정답이 아니라 오
답이다. 오! 감탄사를 내지르게 하는 답. 새로운 답이라 해도
좋고 나만의 답이라 해도 좋다. 자, 이미 쑥스러운 답이 되어
버린 그대의 정답은 이쯤에서 거둬들이고 오답을 찾아보시
라. 답 찾는 데 시간이 걸릴 터이니 그 시간 내가 좀 쓰겠다.
내가 찾은 오답은 이 문장이다.

뛰는 자는 걷는 자와 나란히 갈 수 없고

나는 자는 뛰는 자와 나란히 갈 수 없다.

나란히는 동행이다. 균형이다. 평등이다. 배려다. 예의다. 하나다. 등굣길 동무처럼 나란히. 댓돌 위 신발처럼 나란히.

나란히 가려면 움직임을 어떻게 가져가야 할까. 속도에 미치면 안 된다. 세상 모든 너를 나의 경쟁자로 생각해서도 안 된다. 빠르면 놓친다. 풍경도 놓치고 향기도 놓치고 여유도 놓친다. 무엇보다 사람을 놓친다. 사람을 놓치면 다 놓치는 것이다. 그냥 아무것도 아닌 것이다.

그대만의 오답은 찾으셨는지. 아직 생각하는 중이라면 더 기다리겠다. 사람을 놓치지 말자고 방금 말했는데 그대를 여기 두고 나 혼자 갈 수는 없다.

열심히 하지 말고

열심히 하겠습니다.

열심히 하지 말고 잘하세요.

이런 대화. 잘하라는 말에 수긍이 가다가도 열심히 하겠다
는 의욕에 찬물을 붓는 것 같아 듣는 마음이 개운치는 않다.
'하다' 앞에는 어떤 말이 붙어야 할까. 열심히? 꼼꼼히? 제대
로? 잘? 치열하게? 완벽하게? 다 듬직한 말이지만 다 같은
말 아닐까. 이들보다 먼저 생각해야 할 말이 있지 않을까.

지금, 하세요.

커피는 바쁘다는 말을 하지 않는다

나는 찾는다. 누군가 궁금할 때 찾는다. 누군가 그리울 때 찾는다. 찾는다는 건 그 누군가를 사랑하게 되었다는 고백이다. 쭈뼛쭈뼛 말로 하는 고백이 아니라 성큼성큼 발로 하는 적극적인 고백이다.

나는 1년에 한두 번 고향을 찾고, 한 달에 한두 번 친구를 찾고, 일주일에 한두 번 단골술집을 찾는다. 고백과 고백 사이 간격은 누구에게는 일주일이고 누구에게는 1년이다. 사랑하는 농도의 차이일 것이다. 그런 내가 하루도 빠짐없이 찾는 것이 있다. 하루에도 몇 번씩 사랑한다고 고백하는 상대가 있다. 짙은 색 피부를 지닌 그의 이름은 커피다.

나 혼자만 커피를 짝사랑하는 걸까. 그런 것 같지는 않다. 점심시간. 빌딩은 사람을 토해낸다. 빌딩 몇 동에 저 많은 사람이 들어 있었다는 게 믿기지 않을 만큼 콸콸 토해낸다. 사람들은 삼삼오오 빠르게 분리되어 식당으로 몸을 숨겼다가 한 시간쯤 지나면 다시 거리로 쏟아져 나온다. 그런데 자세히 보면 한 시간 전과는 다른 모습이 포착된다. 손마다 커피다.

그래, 그들은 커피 한 잔을 손에 넣으려고 줄을 서며 점심을 먹은 것이다. 그들 손에 들린 액체는 저 거만한 빌딩 입장을 허락하는 출입증 같기도 하고, 오후에 찾아올 졸음을 때려잡을 신통한 약 같기도 하다. 신이 인간 손을 둘로 설계한 이유가 이것이었을까. 손 하나는 커피를 들라고. 남는 손 하나로 세상 모든 일을 하라고.

왜 우리는 일상 한복판에 커피를 들여놓았을까. 왜 귀한 손 하나를 기꺼이 커피에게 줄까. 맛있어서? 멋있어서? 중독되어서? 다들 그렇게 하니까? 아니, 아니, 혹시 외롭기 때문 아닐까.

도시에는 수많은 혼자가 산다.

혼자 있어도 혼자. 누군가 곁에 있어도 혼자. 혼자들은 안다. 오늘도 외로움에게 몇 대 얻어맞을 거라는 것을. 외로움을 치료하는 병원은 없다는 것을. 책도 영화도 드라마도 내 외로움은 듣지 않고 자기 하고 싶은 말만 한다는 것을. 그래서 늘 혼자인 혼자들은 커피에 기댄다.

커피는 언제든 손 뻗으면 닿을 거리에 있는 외로움 치료제다. 세상에서 가장 차분한 자세로, 세상에서 가장 따뜻한 귀로 혼자들의 이야기를 들어준다. 어제 이야기도 들어주고 오늘 이야기도 들어준다. 사랑 이야기도 들어주고 전쟁 이야기도 들어준다. 사랑이 전쟁 되는 아픈 이야기도 다 들어준다. 내 곁에 내 이야기를 기꺼이 받아주는 귀가 있다는 것만으로도 외로움은 웬만큼 치유된다. 이제 알겠다. 약국보다 커피숍이 더 많은 이유를.

오늘도 나는 친구라는 익숙한 외로움 치료제를 포기하고 커피를 찾는다. 커피에게 사랑한다고 어제 한 고백을 또 한다. 친구가 쉽게 하는 말을 커피는 하지 않기 때문이다. 커피는 바쁘다는 말을 하지 않는다.

어지러운 끝말잇기

안심: 엄마가 있다는 것.

안전: 엄마가 있다는 것.

안정: 엄마가 있다는 것.

나는 한 책에서 안심, 안전, 안정의 의미를 이렇게 풀었다. 연이어 등장하는 세 단어 모두에게 같은 정의를 줬다. 그랬다. 어린 우리에게 엄마의 존재는 안심이었다. 엄마의 손은 안전이었다. 엄마의 품은 안정이었다. 이었다. 이었다. 이었다. 세 문장 모두 과거형을 썼다. 이제 우린 어른이니까. 엄마 없이도 안심과 안전과 안정을 챙길 줄 아는 어른이니까.

엄마를 과거로 보내고 홀로 섰다고 믿는 어른. 그러나 그 어른도 공포에 싸이면 외마디 비명을 지른다. 엄마! 절망에 걸려 넘어지면 깨진 무릎 붙잡고 다시 그녀를 부른다. 엄마! 어려울 때마다, 외로울 때마다 우리의 무의식은 그녀를 꺼낸다. 태어나 가장 먼저 배운 그 말을 꺼낸다. 엄마!

엄마라는 말에는 과거형이 없다. 엄마였다는 말은 말이 아니다. 그녀는 늘 자식 곁에 있다. 몸이 멀리 있으면 마음이 새끼 주위를 서성거린다. 한낮에도 서성거리고 한밤중에도 서성거린다. 비가 와도 서성거리고 바람이 불어도 서성거린다. 우리 자식새끼들은 서성거리는 엄마에게 어지럽다고, 가만히 좀 있으라고 말해버린다. 돌아서면 후회할 그 말을 해버린다.

어지럽다는 말을 들은 엄마 마음은 어떨까. 어지러울까. 아니, 괜찮다. 전화 속 자식 목소리 듣는 것이 매일매일 소망인 엄마는 자식이 말을 건넸다는 것만으로도 고맙다. 자식이 엄마 마음을 걷어찼는데 고맙다니. 고맙다는 말을 아무리 넓게 해석한다 해도 이럴 때 쓰라고 만든 말은 아닐 것이다. 세상 엄마들은 국어 공부를 처음부터 다시 해야 한다.

물론 어지럽다는 말이 튀어나온다고 엄마와 자식의 대화

가 끝나는 건 아니다. 두 사람의 대화는 단 한 차례도 매끄럽
게 끝을 맺은 적이 없다. 늘 서로 다른 세상 말이 꼬리에 꼬
리를 물고 이어진다. 어지러운 끝말잇기다.

밥 먹었어? – 어디 편찮으신 데는 없어요? – 요새 회사
가 어렵다며? – 며칠 전 전화 드렸는데 받지 않으셔서
걱정했어요. – 요 앞 한약방에서 약 한 제 지어놓을 테
니 가져가서 먹어. – 어디 가까운 친구 집에 놀러가시더
라도 휴대폰은 꼭 들고 가셔야 해요. – 요 옆 식당 육회
비빔밥 잘 하는데 너 그거 좋아하지? – 지금 저 친구 만
나러 나가요. – 요랑 이불이랑 새것으로 꺼내놨어. – 어
쩌면 많이 늦을지 몰라요. 기다리지 말고 주무세요. –
요 뒷집 사는 영철이 만나러 가는 거야? 그런 거야? 그
런 거야?

마음이 시키는 대로 자식 주위를 서성거리는 엄마. 마음이
시키지도 않은 독한 말을 내뱉고 마는 자식. 이 관계의 끝은
어디일까. 작은 반전이라도 있을까. 만약 있다면 그대에게
그 반전을 기대해도 될까.

외로울 틈도 없는 직업

누구일까.

엄마 뒤에 선 사람. 엄마 어깨너머로 자식을 보는 사람. 그때가 가장 외로워 보이는 사람. 쉽다. 답은 아빠다. 아빠는 엄마 어깨너머로 자식을 본다. 절반은 보이고 절반은 보이지 않는다. 얼굴은 보이는데 표정은 보이지 않는다. 어깨는 보이는데 기분은 보이지 않는다. 자식 전부를 보려면 발뒤꿈치 들고 목을 빼야 한다. 아빠의 위치. 엄마 뒤. 참 외로운 직업이다.

또 누구일까.

자식과 아빠 사이에 선 사람. 아빠가 자식의 허물을 볼 수 없도록 몸으로 자식을 반쯤 가리고 있는 사람. 늘 앞뒤 다 살피느라 외로울 틈도 없는 사람. 역시 어렵지 않다. 정답은 엄마다. 아빠를 외로운 직업이라 했는데 엄마라는 직업은 외로울 틈도 없다. 얼마만큼 자식의 허물을 가려야 하는지 매 순간 고민해야 한다. 조금이라도 덜 가리면 아빠가 속상해하고 지나치게 많이 가리면 자식이 우울해한다. 위치 선정 하나만으로도 엄마는 외로울 틈이 없다.

그러나 어쩌면, 자식과 아빠 사이에 놓인 외로움은 든든한 외로움인지 모른다. 앞에 자식이 있다. 뒤에 아빠가 있다. 손 닿는 곳에 내가 가장 사랑하는 두 사람이 있다. 있다는 말은 엄청나게 많은 뜻을 지니고 있다. 볼 수 있다. 만질 수 있다. 보듬을 수 있다. 맛난 것을 먹일 수도 있고 좋은 옷을 입힐 수도 있다. 있다는 건 사람과 사람이 살을 맞대고 할 수 있는 모든 것을 할 수 있다는 뜻이다. 이만하면 외로움 앞에 '든든한'이라는 말을 붙일 수 있지 않을까.

그런데 세상엔 질투라는 심술궂은 녀석이 있다. 녀석 소갈 머리는 밴댕이 옆구리를 닮았는지 누가 행복해하는 꼴을 못 본다. 웃음소리가 들리는 집이 있으면 무조건 쳐들어간다. 웃음을, 사랑을, 행복을 끊어놓을 궁리를 한다. 자식에게 다가간다. 자식 곁에 바짝 붙어 앉아 달콤한 목소리로 말한다. 너는 이제 독립할 나이라고. 엄마 품에서 평생 살 거냐고. 당당히 너의 인생을 살라고. 어르고 달래며 자식을 흔든다. 질투의 꼬드김에 넘어간 자식은 이 말을 하고 만다.

엄마, 나 이제 엄마를 떠날래.

물론 엄마도 각오한 시간이다. 올 것이 온 것이다. 그러나 각오가 충격을 덜어주지는 않는다. 매를 각오했다고 매 맞는 종아리가 시리지 않을 수는 없다.

자식은 떠났다. 이제 엄마는 위치 선정을 고민하지 않아도 된다. 오랜 시간 온몸으로 해온 그 일을 하지 않아도 된다. 햇볕 좋은 오후, 흔들의자에 앉아 커피 마시고 책장 넘기며 가볍게 놀면 된다. 강아지 한 마리 입양할까. 오래전 포기한 그 고민을 다시 해도 된다. 몸이 가벼워졌으니 뭐든 할 수 있고 뭐든 해도 된다. 그런데 마음이 말을 안 듣는다. 자꾸 내려앉는다. 그냥 주저앉고 싶은데 평생 주저앉은 적이 없어 그럴 수도 없다. 든든한 외로움이 있었던 자리엔 어느새 쓸쓸한 외로움이 어슬렁거린다.

그러나 아직 절반이 남았다. 자식이 사라지는 날 남은 절반이 해줘야 할 일이 있다. 엄마 어깨에 손을 얹으며 아껴둔 이 말을 꺼내야 한다.

이제 돌아서세요.
당신 앞에 내가 있어요.

• 내 질문에 정반대의 대답을 한 사람도 있을 것이다. 가리는 일을 아빠가 하는 집도 적지 않으니까. 그런 사람은 귀찮더라도 글을 다시 읽어주길 바란다. 엄마를 아빠로, 아빠를 엄마로 바꿔서.

가지 않으면 오지 않는다

봄이 오지 않으면 봄에게 가면 된다.
봄에게 갔더니 봄이 있었다.

머리에 저장 공간이 남아 있다면
이 문장은 외워두는 게 좋다.
모든 목마름에 적용되는 공식이니까.

섬이 오지 않으면 섬에게 가면 된다.
섬에게 갔더니 섬이 있었다.

밥이 오지 않으면 밥에게 가면 된다.

밥에게 갔더니 밥이 있었다.

꿈이 오지 않으면 꿈에게 가면 된다.

꿈에게 갔더니 꿈이 있었다.

그대가 오지 않으면 그대에게 가면 된다.

그대에게 갔더니 그대가 있었다.

인생은 가는 것. 누군가 내게 다가올 때를 기다리는 게 아니라 내가 가는 것. 뚜벅뚜벅 가는 것. 성큼성큼 가는 것. 때론 뜨거운 속도로 가는 것. 가지 않으면 오지 않는다. 세상 모든 목마름은 물이 아니라 발이 치유한다.

인생은 가는 것
기다리는 게 아니라
내가 가는 것.

가을이 여름을 대하는 자세

오늘은 9월 1일. 여름은 늙었다. 태양을 데리고 다니며 세상을 제압하던 여름. 사람들을 그늘 속으로 밀어 넣고 홀로 거리를 활보하던 여름. 지구온난화라는 응원군을 등에 업고 봄과 가을에 주어진 시간을 야금야금 침범하던 여름. 한 해를 사분의 일씩 나눠 가졌던 계절의 균등은 이미 무너진 듯.

그러나 시간을 이기는 장사는 없다고 했다. 위풍당당 여름도 8월이 막바지로 치달을 즈음부터 기세가 꺾였다. 지친 모습을 자주 보였고 때론 담벼락에 기대어 숨을 고르기도 했다. 이런 시들한 모습을 우리는 늙었다고 표현한다.

여름의 늙음을 눈치챈 사람들이 하나둘 그늘 밖으로 터져

나왔다. 여름에게 빼앗겼던 거리를 발바닥 꾹꾹 누르며 걷기 시작했다. 흙 다시 만져보자, 광복절 그날 풍경을 다시 보는 것 같다. 9월 여름은 그가 사람들을 밀어 넣었던 그 그늘 속으로 기어 들어가야 한다. 말없이. 순순히.

그늘로 밀려난 여름은 더는 여름이 아니다. 뜨거움은 식었고 활발함은 죽었다. 하루 대부분을 이불 길게 덮고 누워 있어야 한다. 이미 쌀쌀한 기운이 지배하는 아침저녁으로는 외출을 엄두 낼 수 없다. 한낮을 틈타 잠깐씩 밖으로 나가보지만 동네 한 바퀴 돌고 나면 어느새 호흡이 가쁘다. 햇볕 잘 드는 담벼락에 기댄다. 세상을 호령하던 지난 시간을 떠올린다. 그 뜨거웠던, 그 위대했던 시간들을 꺼내 들고 만지작거린다.

그랬지. 그랬어. 그랬었어.
좋았지. 좋았어. 좋았었어.

늙은 여름의 입가에 가벼운 미소가 번진다. 다시 보면 무거운 미소 같기도 하다. 아직 남은 햇살 몇 줌이 고맙다. 이 시간을 초가을이 아니라 늦여름이라고 불러주는 몇몇 사람이 고맙다. 그러나 가볍거나 무거운 미소도 잠시, 이내 그늘로 돌아와 눕는다. 긴 잠을 청한다.

매미의 헤비메탈이 귀뚜라미의 재즈로 바뀌는 시간. 가을이다. 가을은 젊다. 스물네 시간 동네를 싸돌아다녀도 피곤한 줄 모른다. 여름에게 호되게 당한 사람들은 가을을 반긴다. 독서의 계절이니 결실의 계절이니 온갖 찬사를 갖다 붙이며 가을을 환영한다.

그러나 가을은 점령군처럼 한 번에 오지 않는다. 침착한 재즈처럼 적당한 리듬으로 거리에 스며든다. 한동안은 아침저녁으로만 모습을 보일 뿐 한낮 외출은 삼간다. 여름에게 시간을 주기 위함이다. 늙은 여름에게 가볍든 무겁든 마지막 미소를 주기 위함이다. 배려다. 위로다. 감사다. 퇴장하는 여름은 가을이 챙겨준 시간을 조금씩 베어 먹으며 허기 없이 생을 정리한다.

때가 되면 늙는다. 여름이 늙듯 나도 늙고 그대도 늙는다. 그러니 내 앞을 지나가는 늙음을 조롱해서는 안 된다. 늙은이의 늙은 등을 농담거리 삼아서도 안 된다. 언젠가는 누군가가 내 등을 보게 될 테니까. 내 굽은 등이 조롱거리로 농담

거리로 입에 오르면 많이 슬플 테니까.

배려가 가면 배려가 온다. 위로가 가면 위로가 온다. 감사가 가면 감사가 온다. 여름에게 따뜻한 시간을 선물한 가을은 모진 겨울을 만나지 않는다.

아날로그의 변명

나는 유행을 좇지 않는다. 무슨 신념 같은 것이 있어서 그러는 건 아니다. 유행은 나 같은 아날로그가 좇는다고 따라잡을 수 있는 게 아니다. 십 리도 못 가서 발병 난다. 그래서 나는 조용히 뒷짐 지고 내 자리를 지킨다.

그런데 유행은 돌고 돈다. 내가 내 자리를 지키는 동안 유행은 빠른 속도로 세상을 한 바퀴 돌아 어느새 내 뒤에 바짝 붙는다. 그 짧은 순간 나는 내 의지와 무관하게 유행의 첨단에 선 사람이 된다. 으쓱. 어깨에 힘을 줘도 된다.

새로운 것을 만들거나.

있는 것을 지키거나.

　우리 모두는 이 두 가지 일 중 하나를 한다. 오늘을 지키는 일도 내일을 만드는 일만큼 가치 있다는 것이 이 아날로그의 생각이다. 그대와 나는 새로운 것을 만들지 못하는 사람이 아니라 있는 것을 지키는 소중한 일을 하는 소중한 사람이다. 메타버스 한 번 못 타보고 여전히 시내버스 3414번만 기다리는 세상 모든 아날로그들에게 이 짧은 글이 위안이 되었기를.

불가능한 말

누가 '가만히'라는

위험한 말을 만들었을까.

어디에 쓰려고 만들었을까. '가만히'라는 정지된 시간이
필요한 사람은 없다. 한 공간에, 한 시각에 가만히 머물면 고
인다. 썩는다. 죽는다. 백 번 천 번 생각해도 '가만히'는 없어
도 좋을 말이다. 없어도 좋을 말을 만든 누군가가 밉다. 그
봄 그 바다에서 그 어린 꽃들에게 그 위험한 말을 사용한 어
른들이 밉다.

꽃들은 손잡고 하늘로 올라갔다. 그러나 몇 송이는 아직

바다에 있다. 가만히 있으라 했으니 가만히. 차디찬 물속 견
디며 가만히. 엄마 품에 안기고 싶은 마음 견디며 가만히. 어
른들이 '가만히'를 취소할 때까지 가만히. 세월이 가면 잊힌
다지만 그 바다를 그 절망을 잊을 수 있을까.

누가 '잊다'라는
불가능한 말을 만들었을까.

천사는 없다

망가지려고 모인다는 그 망년회를 했다. 작은 호프집을 통째로 빌렸다. 호프집 사장도 합세한 터였으니 두려울 게 없었다. 우리는 실력 이상으로 마셨고 실력 이상으로 취했다.

　나는 취하면 술값을 계산하는 못된 버릇이 있었다. 고쳐야 했다. 쉽지 않았다. 멀쩡한 나와 술 취한 나는 다른 사람이다. 나를 아무리 타일러도 또 하나의 나는 말을 듣지 않았다. 다짐, 결심, 맹세 따위로 해결될 일이 아니었다. 본능에 기대는 수밖에 없었다. 내 본능은 이런 답을 찾아냈다.

　잔다.

취한다. 잔다. 이 본능이 답이었다. 지극히 인간적인 이 모습이 답이었다. 나는 남보다 일찍 본능을 꺼냄으로써 그 못된 버릇에서 탈출할 수 있었다. 그날도 그랬다. 잤다. 그날은 모아둔 회비로 계산을 했으니 버릇을 말리려고 잔 것은 아니다. 많이 마셨고 많이 취했다. 그래서 잤다.

술집이 추웠을까. 누가 내 목에 파란 목도리를 둘러준 모양이다. 어찌어찌해서 집에 왔고 다음 날 아침 그 파란 마음을 발견했다. 누구지? 어제 그곳에 천사는 없었는데. 천사 비슷한 녀석도 없었는데. 범인 찾기는 쉽지 않았다. 한 녀석 한 녀석 탐문수사를 할 수도 없는 노릇이었다. 우린 내년 망년회 때나 다시 만날 테니 말이다. 1년에 한 번 만나는데 만나서 뭘 잊자는 건지.

미궁에 빠진 사건을 들고 그 밤으로 다시 갔다. 나는 길게 뻗어 있다. 그 떠들썩한 공간에서 잠을 잘 수 있다니. 나는 나를 존경하기로 했다. 한 녀석이 비틀비틀 다가온다. 누군지 얼굴은 알아볼 수 없다. 녀석도 이미 망가졌다. 나보다 훨씬 더 망가졌다. 뻗을 자리를 찾는 것 같다. 요지는 내가 점령했으니 어디 비집고 들어갈 틈은 없다. '먹이를 찾아 산기슭을 어슬렁거리는 하이에나를 본 일이 있는가.' 조용필의 이 오래된 질문에 이제 나는 있다고 대답할 수 있다. 녀석은 결국 자리 찾기를 포기한 것 같다. 실망감이 체온을 더 떨어뜨렸을까. 녀석은 몸을 부르르 떨더니 어디선가 파란 목도리를 꺼낸다. 그것을 내 목에 칭칭 두른다.

하하하, 이거였다. 녀석은 내 목과 자신의 목을 분간 못할 만큼 망가진 거다. 천사는 무슨. 남은 겨울이 길다. 잘 써야지, 마음먹었다. 그 밤에서 이 밤으로 돌아왔다. 천사 없음. 수사는 이 한 문장으로 종결되었고 수사본부는 해체되었다.

잠시 잠깐 천사를 기대했는데 천사는 없었다. 천사를 기대한 내가 바보였다. 천사처럼 걷고 천사처럼 웃고 천사처럼 마음을 쓰는 일. 사람이 할 수 있는 일이 아니다. 세상에서 가장 부담스러운 말 중 하나가 바로 천사일 것이다. 백의의 천사라는 표현도 은근히 부담을 주는 말이겠지. 천사를 찾으려 하지도, 억지로 만들려 하지도 않았으면 좋겠다. 사람으로 사는 것도 쉽지 않은 일인데.

수학이 할 수 없는 일

새해다. 일출이다. 정동진이다. 텔레비전은 떠든다. 꼭두새벽 동해로 몰려간 저 부지런한 사람들을 카메라에 담으며 목소리를 높인다. 소망이라는 말, 희망이라는 말이 파도에 실려 뒤뚱뒤뚱 떠다닌다. 해마다 똑같은 연출. 재방송인가. 재미없다. 해가 동쪽에서 뜬다는 것을 아는 사람이 저렇게 많다는 것이 신기하기는 하다.

　1월 1일은 뭘까. 그냥 하루다. 어제와 똑같은 스물네 시간이다. 지치지도 않고 반복되는 저 과한 호들갑을 가장 피곤해하는 건 어쩌면 1월 1일 아닐까. 나는 감동 없는 텔레비전을 눌러 끄고 작업실로 향했다. 어제와 똑같은 표정으로.

어제와 똑같은 길을 따라. 정동진을 비추던 카메라가 서울로 달려와 내 출근길을 생중계했다면 전 국민이 동시에 하품하며 텔레비전을 껐을 것이다. 그래, 이제 세상에 감동은 없다.

514호 우편함. 노란색 대봉투 하나가 보였다. 우편함 속에 몸을 다 넣지 못한 불안한 자세였다. 좁디좁은 그곳을 비집고 들어가느라 한쪽 끝이 살짝 찢겨 있었다. 우편함의 폭은 누가 정할까. 우편물에 대한 최소한의 예의는 지켜야 하는데.

나는 감동 없는 우편함에서 봉투를 겨우 꺼내 들고 엘리베이터 오름 버튼을 눌렀다. 봉투 안에는 탁상달력이 들어 있었다.

근하신년謹賀新年. 달력 표지엔 감동 없는 카피가 흔한 붓글씨로 쓰여 있었다. 그런데 이건 뭐지? 달력 중간쯤에 포스트잇 하나가 삐죽 고개를 내밀고 있다. 그곳으로 가라는 지시다.

가라니까 갔다. 몇 장을 넘겨 도착한 그곳은 4월이었다. 4월 어느 한 칸에 손 글씨가 적혀 있었다. 식목일도 4.19혁명 기념일도 다 인쇄 글자인데 그 칸만은 손 글씨였다.

206

생신 축하드려요.

아, 이런 거다. 감동이란 이런 거다. 이제 세상에 감동은 없다는 말 취소다. 나는 생긴 것도 사는 것도 다 구식이라 생일도 음력으로 쉰다. 음력 3월 23일이 내가 태어난 날이다. 그 칸에 축하를 써 넣으려면 어떤 노력을 해야 할까.

계산을 해야 한다. 음력을 양력으로 계산해내야 한다. 쉽지 않은 일이거나 최소한 귀찮은 일이다. 그 귀찮은 일을 해낸 달력이다. 내 생일을 기억하는 유일한 달력이다. 큰 감동을 주겠다고 야심 차게 준비한 동해 일출은 작은 감동도 만들지 못했다. 적어도 내 눈엔 그랬다. 그런데 4월 그 작은 칸은 감동 그 이상이었다.

사람들은 계산을 한다. 손익 계산을 한 후 플러스가 나오는 사람에게 선물을 보낸다. 선물이 가면 감동도 따라간다고 믿는다. 그런데 나는 오늘 조금 다른 계산을 만났다. 음력을 양력으로 환산하는 계산. 선물 받는 사람 마음속으로 들어가는 좁디좁은 길을 찾아내는 계산. 수학이 할 수 없는 따뜻하고 섬세한 계산. 이 아마추어 수학자 이름을 밝혀도 되겠지. 고맙소, 윤수빈.

나는 내 책상을 선점한 달력에게 양해를 구하고 윤수빈에게 그 자리를 줬다. 자, 뭣들 하시나. 올해 음력 3월 23일을 양력으로 계산하시고 그날에 힘찬 동그라미. 여름이나 가을에 이 글을 봤다면 뭐 할 수 없고.

집으로 떠나는 여행

우리는 모른다. 딸아이 책상에 어떤 책이 놓여 있는지. 아들 방 벽에 누구의 사진이 붙어 있는지. 그들 방을 여행한 적 없기 때문이다. 또 모른다. 아내 옷장에 어떤 색깔이 걸려 있는지. 남편이 들고 다니는 손가방 지퍼가 언제 고장 났는지. 서로의 공간을 여행한 적 없기 때문이다.

다른 공간에 나를 데려가는 일이 여행이다. 그런데 여행하면 열에 아홉은 여수 밤바다나 홋카이도 설원 등 유명 관광지를 떠올린다. 왜 그곳인지 따져 물을 생각 없다. 대신 다른 걸 묻고 싶다. 나를 데려가는 그곳이 내 집이면 안 될까.

내가 내 집을 다 안다고 생각한다면 오산이다. 생각보다 많은 이야기가 내 집에서 나랑 같이 산다. 내가 그들 이야기에 귀를 기울인 적 없어 그들을 존재하지 않는 존재로 인식하는지도 모른다. 내 집으로 떠나는 여행. 어려울 것도 복잡할 것도 없다. 비행기 표도 일정표도 필요 없다. 그냥 떠나면 된다. 오늘 떠나면 된다. 지금 이 책을 덮고 획 떠나면 된다.

말 나온 김에 떠나야겠다. 어디로 갈까. 소파에 앉아 거실을 둘러본다. 어라, 저게 뭐지? 거실엔 텔레비전과 리모컨만 사는 줄 알았는데 화분 하나가 살고 있다. 전입신고도 없이 텔레비전 곁에 자리를 잡았다. 오늘은 나 몰래 우리 집 식구가 된 저 녀석을 여행해야지. 소파에서 일어나 화분 가까이 다가갔다. 녀석은 '이 작자는 누구지' 하는 표정을 지으며 살짝 긴장한다.

무릎을 굽혀 키를 맞췄다. 화분은 나무 하나를 품고 있다. 키는 작지만 진녹색 잎이 무려 스물아홉 개나 달려 있다. 나무 이름은 모르겠다. 아내에게 물어봐야겠다. 인간은 참 부지런한 동물이다. 세상 모든 나무에게 이름 하나씩을 붙여주는 걸 보면 과하게 부지런하다는 생각도 든다. 그런데 나무 이름을 인간 마음대로 지어도 되는 걸까. 천년을 산다는 소

나무는 천년나무라는 이름을 갖고 싶지 않았을까.

화분 아래에 바퀴가 달려 있다. 발 없는 나무에겐 저 바퀴가 발이겠지. 가끔 베란다로 걸어 나가 멀리 고향 하늘을 바라보겠지. 다시 고향 땅을 밟을 수 있을까. 다시 엄마 얼굴을 볼 수 있을까. 햇볕이 조심조심 내려와 시무룩해진 나무를 토닥이며 위로하겠지.

고향 땅은 아니지만 화분 안에도 땅이 있다. 뿌리를 보듬고 있는 둥그런 땅. 오늘부턴 땅 가진 것 있냐고 누가 물으면 자신 있게 대답해야겠다. 손바닥만 한 땅 하나 있다고. 땅 표면엔 하얀 돌들이 잔뜩 놓여 있다. 요놈들은 무슨 일을 할까. 모르겠다. 아내에게 물어봐야겠다.

내 손으로 물을 줘볼까. 강아지도 밥 주는 사람을 잘 따른다던데. 물 한 끼 주면 녀석과 친해지지 않을까. 그래도 되는지 아내에게 물어봐야겠다. 그런데 어떤 물을 얼마나 줘야 하지? 수돗물? 생수? 한 컵? 반 컵? 그것도 아내에게 물어봐야겠다.

화분 하나를 여행하며 질문 여러 개를 챙겼다. 어쩌면 여행은, 다른 공간에 나를 데려가는 일이 아니라 그 공간이 내게 주는 질문을 챙겨 오는 일인지도 모른다. 오늘 저녁 우리 부부의 대화는 풍성할 것이다. 긴 여행에서 돌아온 그 밤처럼.

내 집이 명사인 줄 알았는데 동사였어.

이런 남다른 여행기를 쓰고 싶다면 내 집으로 떠나자. 오늘은 거실. 내일은 서재. 모레는 딸아이 방. 가까운 곳일수록 소홀한 나에게, 가까운 사람일수록 무심한 나에게 잠시 멈춰 생각할 기회를 주는 여행. 내가 나에게 한 뼘 더 다가가는 여행. 작지만 큰 여행. 짧지만 긴 여행. 좁지만 넓은 여행.

내 집이 명사인 줄 알았는데
동사였어.

민주주의 만세

우리 집 저녁 풍경을 설명할라치면 삼각형 이야기부터 해야 한다. 우리 집은 세 식구다. 딸. 엄마. 아빠. 강아지도 고양이도 없는 딱 세 식구. 셋 다 바쁜 척하느라 저녁 식탁에 함께 앉는 날은 흔치 않지만 그런 기회가 오면 우린 삼각형을 만든다. 직각삼각형이다. 엄마와 아빠는 마주 앉고 딸은 아빠 왼쪽이다. 왼쪽자리는 젓가락 부딪침을 최소화해야 하는 왼손잡이의 숙명이다.

삼각형 한가운데에는 술이 놓인다. 나는 이 술자리가 좋다. 다른 어떤 술자리보다 좋다. 갓김치가 있다. 된장국 또는 새우젓국이 있다. 강허달림이나 정밀아 음악을 골라 들을 수 있다. 취한 나를 기다리는 침대가 일곱 걸음 안에 있다. 무엇보다 술값을 계산하지 않아도 된다.

안주는 늘 엄마가 준비한다. 30년을 갈고닦은 솜씨이니 어디 내놓아도 손색이 없다. 다만 안주에 힘을 쏟다 보니 반찬이 약하다는 게 흠이라면 흠이다. 딸 솜씨도 제법이다. 각 제대로 잡고 주방에 서면 근사한 안주 두어 가지는 뚝딱 내놓는다. 이때 나는 말을 가려서 해야 한다. 너무너무 맛있다. 이런 말은 곤란하다. 엄마 음식 솜씨 비하 발언으로 들릴 수 있다.

나는 마늘을 깐다. 와인을 따고 음악을 준비한다. 냉장고에 소주가 충분한지 확인하는 일도 한다. 오늘 안주는 훈제 삼겹살이다. 어제 꽤 큰 마트에 가서 내가 들고 온 것이다. 그러고 보니 장보기도 내가 했다. 나, 이 자리에 합류할 자격 있다. 우린 삼각형을 만들었고 삼각형 안엔 술병이 하나 둘 셋 놓였다.

엄마는 와인.
아빠는 소주.
딸은 막걸리.

민주주의民酒主義 만세다. 이 그림 한 장이 우리 집을 다 보여준다. 셋 다 소주로 통일하는 날도 있지만 오늘은 민주주의다.

민주주의는 이처럼 가정에서부터 공부해야 한다. 술을 놓고 공부 이야기를 해서 미안하지만 이 삼각형 술자리는 우리 셋 모두에게 공부가 된다. 아빠는 딸의 젊은 생각을 공부하고, 딸은 어른들의 요즘 고민을 공부하고, 엄마는 아빠의 요란한 희망을 공부한다. 서로를 마시고 서로에게 취하며 서로를 공부한다. 물론 술이 권장할 만한 액체는 아니다. 그러나 그것이 삼각형 한가운데 있어 그 삼각형이 더 딴딴해진다면 무조건 말릴 일은 아니라고 생각한다.

마시다.

이 촉촉한 동사 앞에는 수많은 목적어가 붙을 수 있다. 냉수를 마시다. 콜라를 마시다. 식혜를 마시다. 목의 마름은 이들이 충분히 적셔준다. 그러나 마음의 마름은 냉수로 콜라로 식혜로 적실 수 없다. 결국 술에게 기대야 한다. 업히는 게 아니라 기대는 거다. 누군가의 어깨에 머리를 살짝 갖다 대듯 가볍게 기대는 거다.

술을 너무 많이 마시면 독이 된다는 말이 있다. 맞는 말이다. 그러나 나는 이 말에서 '술'을 뺄 게 아니라 '너무'와 '많이'를 빼기를 희망한다.

웬만큼 마셨다. 웬만해서는 취하지 않는 엄마가 오늘은 살짝 약한 모습을 보였다. 딸은 이를 놓치지 않았다. 엄마 얼굴 빨개졌어. 약한 모습을 들킨 엄마 얼굴은 조금 더 빨개졌다. 나는 아직 멀쩡한 것 같아 씩씩하게 물었다. 아빠 얼굴도 빨개? 아니, 까매. 순간 내 얼굴은 잿빛이 되었다.

강한 비는 오래 내리지 않는다

검은 하늘. 검은 땅. 비가 내린다. 아빠 또는 엄마가 우산을
편다. 가족 모두가 우산 속으로 쏙 들어간다. 우산이 크든 작
든, 가족이 다섯이든 열이든 우산 하나에 다 들어간다. 신기
하다. 물리학 이론에 저항하는 이런 일이 어떻게 가능할까.

　가족 중에 신묘한 능력을 지닌 사람이 있기 때문이다. 몸
을 자유자재로 팽창하고 수축하는 능력. 그는 강한 비가 내
리면 몸을 최대한 팽창해 우산의 일부가 되고, 날이 개면 빠
르게 몸을 수축해 주위에 햇볕을 양보한다. 그의 팽창과 수
축은 태연하고 침착하고 자연스러워서 한 우산 아래에 있는
가족도 무슨 일이 일어났는지 눈치채지 못한다.

우린 이런 신묘한 능력을 사랑이라 하고
이런 능력을 지닌 사람을 아빠 또는 엄마라 한다.

아빠 또는 엄마는 한 번 펼친 우산을 쉽게 접지 않는다. 우산이 찢어져 그들 어깨가 흠뻑 젖는다 해도 새 우산을 펴지 않는다. 남의 우산을 빌려 쓰지도 않고 큰 집 처마 아래로 달려가 비 그치기를 기다리지도 않는다. 비가 퍼붓는 그 어둡고 힘든 시간을 가족이 한 뼘 더 가까워지는 기회로 쓴다. 좁을수록 가까워진다. 젖을수록 가까워진다.

비 걱정 따위와 거리가 먼 우산도 있겠지. 가족은 물론 운전사, 정원사, 요리사 다 들어가도 비 한 방울 젖지 않는 넉넉한 우산도 있겠지. 그들에게 빗소리는 걱정이 아니라 낭만이겠지. 그러나 그들을 부러워할 건 없다. 작은 우산을 든 아빠 또는 엄마가 미안해할 일도 아니다. 우산이 지나치게 크면 가족 사이에 불필요한 공간이 생길 수 있다. 관계가 오히려 헐렁해질 수도 있다. 좁음이, 힘듦이, 미안함이 가족의 접착력을 높인다.

물론 지칠 수 있다. 좁은 공간에 지칠 수도 있고 긴 비에 지칠 수도 있다. 사람만 지치는 게 아니라 능력도 지친다. 아무리 신묘한 능력도 능력을 발휘해야 하는 시간이 길어지고 늘어지면 다 내려놓고 주저앉고 싶어진다. 그들을 지치지 않게 하는 방법이 있을까. 있다. 다시 가족이다.

이번엔 아들딸이다. 아들딸에겐 신묘한 능력은 없지만 그에 못지않은 늠름한 능력이 있다. 그것은 어깨라는 능력이다. 아들딸이 지쳐가는 아빠 또는 엄마에게 어깨를 빌려주면 된다.

아빠 또는 엄마가 아들딸 어깨 위에 머리를 얹는다. 무게가 전혀 느껴지지 않을 만큼 살포시. 아빠 또는 엄마는 살포시 기댄 그 작은 어깨에서 바위의 든든함을 느낀다. 다시 비와 맞서 싸울 힘을 얻는다. 가족은 이렇게 서로 기대며 그 힘든 시간을 견딘다. 강한 비는 그리 오래 내리지 않는다.

겨울을 이기고 싶다면

낮은 여름. 밤은 겨울. 썰물과 밀물이 교차하듯 여름과 겨울이 임무 교대를 하는 계절이 가을이다. 해마다 하는 익숙한 교대이니 어려울 것 없다. 애쓰셨습니다. 애쓰십시오. 겨울과 여름은 이 한마디를 빠르게 주고받으며 일을 마친다. 우리는 이 짧은 계절에 준비라는 것을 해야 한다. 긴 겨울을 이겨낼 최소한의 준비. 가을이 깊었다 싶으면 틈을 주지 않고 첫눈이 찾아오니 여유 부릴 시간은 없다.

겨울 준비가 리포트 열 장짜리 숙제처럼 부담스럽게 느껴진다면 이 노래를 따라 하시라. 준비됐나요? 준비됐어요. 어떤가. 기분이 가벼워지지 않았는가. 한 번으로 부족하다면 마음이 가벼워질 때까지 따라 하시라.

준비됐나요?

준비됐어요.

자, 준비할 것은 딱 하나다. 고독을 이겨낼 힘과 추위를 이겨낼 힘. 잠깐, 딱 하나라고 하지 않았나요? 좋은 질문이다. 내 말의 작은 허점도 놓치지 않는 그대의 독서력은 최상급이다. 하지만 나는 그대의 독서력을 시험하고 싶은 생각이 없다. 내가 궁금한 건 상상력이다. 왜 그랬을까. 왜 내가 둘을 내놓으며 하나라고 했을까.

1초 1초 1초⋯ 그대의 입은 열릴 것 같지 않다. 답을 드린다. 하나 같은 둘이니까. 둘 같은 하나이니까. 고독을 이겨낼 힘을 준비하면 그것으로 추위는 너끈히 제압할 수 있으니까. 그래, 우린 고독을 이겨낼 힘 하나만 손에 쥐고 그 추운 시간으로 가면 된다. 무엇일까.

김윤경이다.

이지영이다.

박한솔이다.

김윤경을, 이지영을, 박한솔을 그대가 아는 이름으로 바꿔 써넣어도 좋다. 이 세상을 채우고 있는 한 사람 한 사람이 고독을 이겨낼 따뜻한 힘이다. 추위를 제압할 뜨거운 힘이다.

나의 체온은 36.5도. 너의 체온도 36.5도. 너와 나를 더하면 무려 73도. 내 곁에 너라는 사람이 있으면 우리는 영상 73도 겨울로 갈 수 있다.

가을이다. 겨울을 준비하세요. 같은 말이다.

가을이다. 사람을 준비하세요. 같은 말이다.

아직 태어나지 않은 말

말도 생로병사를 겪는다. 어떤 말은 사회의 벽에 부딪혀 앓아눕기도 하고 어떤 말은 수명이 다하여 사라지기도 한다. 새로 태어나는 말도 있다.

이 책에 등장하는 동사는 전부 우리가 익히 아는 말이다. 21세기 현재를 우리와 함께 살아가는 말이다. 그런데 이런 말만 이 책에 실릴 자격이 있는 걸까. 아직 태어나지 않은 말도 하나쯤 있어주면 안 되는 걸까.

사람하다.

이런 말은 없다. 나는 이 말이 없는 말이라는 사실이 믿기지 않는다. 사람으로 태어나 마땅히 해야 할 노릇을 하는 것. 이런 뜻을 지닌 말이 왜 없을까. '사랑하다'와 거의 동시에 만들었어야 할 말을 왜 만들지 않았을까. 게으름일까. 깜빡 놓친 걸까. 아니면 '사람하다'와 '인간하다' 둘을 놓고 수천 년 고민하고 있는 걸까.

나는 사람 노릇 하며 산다는 말을 '사람하다'라고 부를 것을 제안한다. 물론 나 따위 허접한 작가가 하는 제안을 진지하게 받아들일 이유는 없다. 무시해도 좋다. 하지만 이런 대화가 계속되어도 괜찮은지는 고민해봐야 한다.

절망이 깊어 죽음을 생각하는 안타까운 사람이 있었어. 그래서 어떻게 했어? 염려하고 위로하고 배려하고 안아주고 믿어주고 도와주고 힘내라고 용기도 북돋아줬지. 내가 염려하고 위로하고 배려하고 안아주고 믿어주고 도와주고 힘내라고 용기도 북돋아주지 않았으면 큰일 날 뻔했어.

염려하고 위로하고 배려하고 안아주고 믿어주고 도와주고 힘내라고 용기도 북돋아주는 행위를 한마디로 표현하는 말이 생기지 않는다면 내일도 모레도 이런 어지러운 대화가 이어질 것이다. 말을 받아쓰는 속기사가 낑낑 힘들어할 것이다. 그러나 염려하고 위로하고 배려하고 안아주고 믿어주고 도와주고 힘내라고 용기도 북돋아주는 행위를 '사람하다'라고 표현하자는 제안에 세상이 동의한다면 속기사 어깨가 가벼워질 수 있다. 대화는 이렇게 바뀔 테니까.

마포대교 중간쯤에서 걸음을 멈춘 사람이 있었어. 그래서 어떻게 했어? 사람했지. 내가 사람하지 않았으면 큰일 날 뻔했어.

짧은 대화가 무조건 좋다는 이야기가 아니다. 짧게 분명하게 어지럽지 않게 뜻을 전달할 수 있다면 주저하지 말고 새로운 말을 만들자는 것이다. '인싸'나 '갓생' 같은 현란한 말만 만들지 말고 따뜻한 말도 하나 만들자는 것이다.

사람이라는 문제는 결국 사람이라는 답으로 풀어야 한다. 그러니 우리, 사람하자. 세상이 '사람하다'라는 말에 동의하지 않는다 해도 이 책 출간 직후 이 말이 생겼다고 믿고, 사람하자.

사
랑
했
지

안아주고
믿어주고
용기를 주었어.

책에서 내가 건드린 동사는 아주 일부에 불과하다. 내가 발견한 동사의 표정은 그것이 가진 표정의 1백 분의 1도 안 될 것이다. 이것이 무엇을 의미하는지 그대는 안다. 뒤를 부탁한다. 동사랑 실컷 놀았으니 마무리는 형용사에게 맡겨야겠다. 짧지 않은 내 이야기를 끝까지 들어준 그대에게 바치는 형용사다.

고맙다.